PAUL SOUDAY

ANDRÉ GIDE

Treizième édition

« LES DOCUMENTAIRES »

SIMON KRA, 6, RUE BLANCHE, PARIS

IL A ÉTÉ TIRÉ DE CET OUVRAGE

15 exemplaires sur Hollande, numérotés de 1 à 15.
30 exemplaires sur Pur fil, numérotés de 16 à 45.
300 exemplaires sur Vélin, numérotés de 46 à 345.
Le tout constituant l'édition originale.

Il a été tiré spécialement pour
M. Ronald Davis
6 exemplaires sur Japon impérial, numérotés de I à VI.

ANDRÉ GIDE

I

LES PREMIERS LIVRES D'ANDRÉ GIDE

Le premier ouvrage de M. André Gide, les *Cahiers d'André Walter*, parut en 1891, sans nom d'auteur, à la librairie de l'Art indépendant. L'édition est depuis longtemps épuisée : le volume n'a jamais été réimprimé. La littérature de M. André Gide est éminemment ésotérique et cénaculaire. Cet écrivain semble mettre autant de soins à fuir la publicité que d'autres à la rechercher : il écrit, dirait-on, pour lui-même, ou tout au plus, comme Stendhal, pour cent lecteurs. L'art ne lui apparaît pas comme une fin, ni son œuvre comme un être qui, une fois détaché de lui, doive avoir une vie propre, durer et se perpétuer. Il ne considère point les choses littéraires *sub specie æternitatis*. C'est un esprit foncièrement subjectif. Ses livres ne sont que des confidences, où il a exprimé par une sorte de besoin personnel un moment de sa pensée, et qui par la suite ne lui paraissent pas plus importantes que les paperasses jaunies ou les fleurs fanées. Peut-être, certains soirs d'hiver, remue-t-il au coin du feu ces vieux souvenirs et ces archives intimes, mais il se persuade avec une sorte de pudeur maladive qu'il doit dérober au public les traces de son passé. Peut-être relit-il parfois *André Walter* ; mais il ne désire point que nous le relisions. Étant homme de lettres, malgré tout et quoi qu'il en ait, il n'a pu complètement résister au désir de l'impression ; mais il se replie et rentre dans la retraite, avec délices ; il est l'homme du volume introuvable ; au fond, il regrette vraisemblablement la faiblesse qui l'a empêché de rester tout à fait inédit, et il appartient à la famille des Amiel, des Marie Bashkirstsef, des Maurice et des Eugénie de Guérin, de tous ces auteurs clandestins, grands rédacteurs de mémoires et de confessions, que l'horreur de la foule et la passion de la solitude contemplative réservent pour les gloires posthumes.

C'est comme une « œuvre posthume » que se présentaient les *Cahiers d'André Walter* : M. André Gide n'avait même pas mis sa signature, selon l'usage, à titre d'éditeur des papiers d'un ami défunt. Cependant, je me souviens que dans les milieux symbolistes où je fréquentais alors, on avait su tout de suite qui était l'auteur véritable, et bien que le hasard ne m'eût point permis de rencontrer M. André Gide, je n'avais plus oublié ce nom. Depuis *Sous l'œil des barbares*, on n'avait pas vu de début aussi remarquable. D'ailleurs, puisque M. Gide n'a jamais fait mystère de ses attaches religieuses, je puis bien mentionner qu'on l'avait surnommé le Barrès protestant. Pendant la fameuse mode des surnoms, il y en a eu de moins exacts, et de plus malveillants aussi.

André Walter, dont le journal en deux cahiers — cahier blanc et cahier noir — était livré au public, avait eu le chagrin d'aimer vainement sa cousine Emmanuèle, qui ne s'en était même point aperçue et qui avait épousé un M. T... La mère d'André lui avait, en mourant, conseillé la résignation. Quelques mois après, Emmanuèle meurt à son tour. André brûle pour la morte d'un amour rétrospectif, mais ardent et halluciné, qui le conduit au tombeau par les voies rapides de la fièvre cérébrale. Bien entendu, André Walter est un jeune homme de lettres. Ses méditations esthétiques alternent avec ses effusions sentimentales. Point d'action, point de récit : rien que de l'analyse. Je viens de me replonger, après vingt ans, dans ces *Cahiers d'André Walter* : je les ai peut-être un peu moins admirés, mais j'y ai pris encore un vif intérêt. C'est un petit livre très distingué vraiment, et qui garde une valeur historique. M. André Gide devrait bien le rééditer. Il est fort substantiel et l'on y retrouve un tas de choses significatives. Nietzsche était alors inconnu en

France : il est vrai que M. André Gide avait pu le lire dans l'original. (M. André Gide sait l'allemand, ainsi que l'anglais, l'italien, le latin et le grec, et il cite beaucoup de textes dans ces diverses langues : les textes grecs sans l'ombre d'accentuation, malheureusement). Mais puisqu'il ne le nomme point, on peut croire que M. Gide, qui parlera plus tard de Nietzsche avec ferveur, l'ignorait encore lorsqu'il écrivit *Walter*. Il le devine, il le pressent, et il met ainsi en lumière, sans le savoir, la filiation qui à certains égards relie Nietzsche à nos Jeune-France de 1830 et à leurs successeurs immédiats. Lorsque M. André Gide fulmine contre le repos, contre le confort et les félicités endormantes, lorsqu'il s'écrie : « La vie intense, voilà le superbe !... » et lorsqu'il précise : « Multiplier les émotions... Que jamais l'âme ne retombe inactive ; il faut la repaître d'enthousiasmes... », on se demande s'il annonce Nietzsche et son « Vivre dangereusement ! » ou s'il continue nos romantiques, leur soif d'aventureuse exaltation et leur haine des platitudes bourgeoises.

D'autre part, on aperçoit dans ces *Cahiers* un autre romantisme, le vaporeux et sentimental romantisme à l'allemande, métaphysique et clair de lune, tartines de confitures et armoire à linge, *Werther* et Novalis. Dans le « cahier blanc ». Emmanuèle ressemble un peu à Charlotte, avec moins de petits frères. Il y a beaucoup de larmes sans cause et de baisers immatériels, entre les soins du ménage, les lectures instructives et les promenades sous les étoiles. Et tout un mysticisme se développe, qui nous fait penser aujourd'hui à M. Maurice Maeterlinck, mais ne lui doit rien sans doute, puisque les deux auteurs sont sensiblement contemporains : la traduction de *Ruysbroeck l'Admirable* est aussi de 1891. Comme tous les mystiques, au surplus, M. André Gide établit une distinction entre l'esprit et l'âme.[1] « L'esprit, ce n'est rien... L'esprit change, il s'affaiblit, il passe : l'âme demeure... » Il reproche ceci à Emmanuèle : « Ton esprit dominait ton âme... Je t'en veux de n'avoir pas frémi devant l'immensité de Luther... Tu comprends trop les choses et tu ne les aimes pas assez... » Il se plaint : « Nos esprits se connaissent tout entiers. Au delà, l'âme était tout aussi inconnue. » Il aboutit logiquement à l'ascétisme, au dégoût de la chair, à cause de « l'impossible union des âmes par les corps ». Il a le culte de la chasteté. En revanche, l'amour des âmes continue après la mort. Bien mieux, « tant que le corps vivra, l'amour sera contraint, mais sitôt la mort venue, l'amour triomphera de toutes les entraves ». C'est lorsqu'Emmanuèle est morte qu'il la possède enfin, puisqu'elle ne vit

1. *Animus* et *Anima* (Claudel, Bremond).

que dans sa pensée à lui et que lui ne vit que par l'amour de la bien-aimée. Mais ces rêveries finissent par lui déranger le cerveau. « La connaissance intuitive est seule nécessaire, disait-il aussi ; la raison devient inutile... Voilà ce qu'il faut : engourdir la raison et que la sensibilité s'exalte ! » Certaines de ces phrases semblent annoncer M. Bergson. Et tout cela est évidemment un peu fumeux, comme il est naturel sous la plume d'un tout jeune homme, mais vivant et attachant. On peut regretter surtout qu'André Walter considère le raisonnement dialectique comme la seule forme de la raison, et que, enclin à faire la critique de la connaissance, il ne songe même pas à tenter celle du sentiment. Au surplus, M. André Gide reviendra de son antiintellectualisme juvénile, comme aussi de son dédain (théorique) pour la syntaxe. De sa poétique, assez décadente, un précepte est à retenir, entre beaucoup d'autres qui portent seulement la marque de l'époque. Bien entendu, M. Gide veut « de la musique avant toute chose ». Mais il renoue, peut-être inconsciemment, la tradition des vrais maîtres en ajoutant : « ... Que le rythme des phrases ne soit point extérieur et postiche par la succession seule des paroles sonores, mais qu'il ondule selon la courbe des pensées cadencées par une corrélation subtile. » La formule est très belle et d'une grande portée, profondément intellectualiste du reste.

J'ai peut-être trop insisté sur ce premier volume, mais il explique toute l'œuvre de M. André Gide. Le *Voyage d'Urien* est une fantaisie symbolique dans la manière de Novalis, dont nous avons déjà dépisté l'influence ; *Paludes* est un livret d'égotisme humoristique. (J'aime moins ces deux opuscules.) Les *Nourritures terrestres*, ce sont encore des « Cahiers », des notations directes, sans cadre romancé. Le nietzschéisme s'affirme. « Une existence pathétique plutôt que la tranquillité. Je ne souhaite pas d'autre repos que celui de la mort... » Un goût de la nature toute simple, sans luxe ni artifice, à la Rousseau : « Je n'aime pas que ma joie soit parée, ni que la Sulamite ait passé par des salles... » (Curieux historiquement, comme réaction contre Baudelaire et Huysmans.) Du voltairianisme modernisé : « Moi aussi, j'ai su louer Dieu, chanter pour lui des cantiques, et je crois même, ce faisant, l'avoir un peu surfait. » Des impressions de voyages, brèves, drues, synthétiques, évidemment influencées par Barrès. Du philosophisme assez vigoureux sous sa traduction symbolique : « Eau captée, vous êtes comme la sagesse des hommes. Sagesse des hommes, vous n'avez pas l'insaisissable fraîcheur des rivières. » Est-ce qu'avec un peu de bonne volonté on ne pourrait pas voir dans cette jolie phrase un poétique énoncé du fameux principe de Carnot ? Du donjuanisme intellectuel : « Choisir, c'est renoncer pour toujours, pour jamais, à tout le reste. » Aversion pour les foyers, les familles, les fidélités, pour n'importe quelle possession par peur de ne plus posséder que cela : chaque nouveauté doit nous trouver toujours disponibles. M. Gide découvrira probablement par la suite que ce bohémianisme devient à la longue un peu monotone ; que la variété, comme le bonheur, est en nous ; que ce qui dure est moins décevant après tout que ce qui change et que le premier de ces éléments est nécessaire pour goûter toute la saveur du second : on n'a tout le plaisir du voyage que si au départ on quitte un foyer avec la perspective de le retrouver au retour. Mais avec les réserves qu'on peut faire, ce petit livre, un peu inégal, n'en est pas moins brillant d'originalité et plein de suc.

L'Immoraliste inaugure la série des « récits », qui se poursuivra par *la Porte étroite* et la plus récente *Isabelle*. M. André Gide n'a peut-être pas une vraie vocation de romancier ; aussi bien se défend-il de composer des romans. C'est un conteur d'anecdotes singulières, dont la signification psychologique ou morale importe plus que le scénario : le côté narratif et pittoresque est un peu sacrifié. Dans le récit, puisque récit il y a, M. Gide fait un peu figure d'amateur, comme Mérimée, à qui il ne ressemble guère par ailleurs, comme Benjamin Constant, à qui il ressemble davantage. comme le Sainte-Beuve de *Volupté* et le Fromentin de *Dominique*, je dirais même comme Stendhal, si celui-ci n'échappait par son génie aux classifications : mais enfin il est clair qu'on sent plus le professionnel dans *Madame Bovary* que dans *La Chartreuse de Parme*. J'adore, quant à moi, cette libre allure de l'esprit qui domine son sujet : par comparaison, dans l'autre école, et malgré les dons les plus magnifiques, on a toujours l'air un peu serf. M. André Gide, que je n'égale point à ces « amateurs » illustres, se rattache visiblement à la lignée ; peut-être en abuse-t-il parfois, et, sous prétexte qu'il n'est point un romancier obligé de tout dire, escamote-t-il un peu trop les points essentiels.

L'Immoraliste est de la veine nietzschéenne, comme le titre suffit à l'indiquer. « Nous autres immoralistes... » C'est une formule de Nietzsche. Mais par instants, ce livre, c'est aussi du Flaubert. Lorsque le héros de M. André Gide s'écrie : « J'ai les honnêtes gens en horreur », on croit entendre le bon géant de Croisset fulminer contre les épiciers et les philistins. L'immoralisme de Nietzsche consiste, bien entendu, à remplacer les morales existantes par une morale nouvelle, extrêmement haute et même assez farouche. Il n'en peut être autrement. On ne se passe pas plus de morale dans la vie que de boussole sur la mer. Ajoutons que les gens peu moraux, c'est-à-dire modérément intéressés par ces questions, adoptent machinalement et par souci du moindre effort la morale courante ; l'immoraliste au contraire, ainsi nommé parce qu'il a répudié la morale de tout le monde, est précisément un homme si enragé de morale qu'à force d'y penser uniquement et d'en être obsédé il a fini par s'en inventer une. Mais le héros de M. André Gide n'est pas, il faut l'avouer, un très puissant penseur : il est même un peu puéril. C'est un érudit qui, ayant été malade, découvre la vie lorsqu'il entre en convalescence et se met alors à mépriser la culture ; puis qui, au lieu d'être reconnaissant à sa jeune femme qui l'a bien soigné, la trompe, la laisse seule et va courir les mauvais lieux, tandis qu'elle agonise à son tour. Entre tant, à Biskra, il démoralisait un petit Arabe en l'encourageant à voler des ciseaux, et en Normandie il protégeait les braconniers qu'il aime pour leur mépris des lois. Je pense que *l'Immoraliste* est une satire. M. André Gide aura voulu montrer avec une ironie de pince-sans-rire ce que deviendrait l'éthique de Nietzsche pratiquée par des gens d'intelligence médiocre. Zarathustra n'a pas parlé pour les majorités.

La Porte étroite nous ramène à l'ascétisme, dont nous avons vu les sources dans *André Walter*. L'héroïne, Alissa Bucolin, jeune protestante, aime son cousin Jérôme et en est aimée : mais elle ne l'épousera pas, elle ne sera jamais à lui, par volonté de renoncement et aspiration à la perfection spirituelle. Le livre est d'une qualité rare, mais un peu décevant, parce que cet ardent piétisme d'Alissa Bucolin ne s'exprime point avec le lyrisme qui conviendrait à un sentiment si puissant, mais dans une langue abstraite, rigide et glacée. C'est très curieux.

Isabelle ressemble à un conte de ce Barbey d'Aurevilly que M. André Gide n'aime point, je ne sais pourquoi (*Nouveaux prétextes*, pp. 68 sqq.). Certes M. Gide ne s'est pas approprié le style flamboyant du vieux laird, mais c'est bien là un sujet qu'il eût volontiers traité. Un castel de Basse-Normandie, habité par des fossiles, deux couples de vieillards falots et un enfant infirme. On découvre que l'enfant infirme est le fils naturel de noble et puissante demoiselle Isabelle de Saint-Audéol, petite-fille ou petite-nièce des bons vieux. Isabelle, il y a quelques années, allait s'enfuir du château, se faisant enlever par son amant le vicomte de Gonfreville. Au dernier moment, elle a eu une faiblesse inexplicable : elle s'est confessée à Gratien, vieux domestique fanatiquement dévoué à la race des Saint-Audéol, et ce Caleb du

Calvados a tué d'un coup de fusil le malencontreux vicomte. C'est pourquoi le petit infirme Casimir n'a point de père. Sa mère Isabelle vit on ne sait où ; de loin en loin, elle revient au château, mais de nuit, en grand mystère. Cependant les vieux meurent, Isabelle s'installe avec un homme d'affaires, son nouvel amant, coupe les arbres, livre le manoir et le parc au pillage, puis l'homme d'affaires l'ayant abandonnée, elle part avec le cocher. Triste fin d'une noble maison ! Et tout cela est étrange, inquiétant, angoissant à souhait. Mais l'entrée en matière est peut-être un peu longue : on nous présente avec luxe de détails le compère de la revue. un jeune sorbonnard qui va au château en question consulter des manuscrits précieux pour la préparation de sa thèse de doctorat. En revanche, sur le point capital, c'est-à-dire la psychologie d'Isabelle, les motifs qui l'ont poussée à faire assassiner un homme qu'elle aimait pourtant, M. André Gide se montre laconique avec excès et il raffine l'ironie jusqu'à nous faire remarquer que n'étant pas romancier de profession il n'est pas tenu de nous cuisiner des développements.

M. André Gide a écrit aussi des drames : *Saül*, *Le Roi Candaule*, etc... Ne pouvant être complet, je vous recommanderai particulièrement ses deux volumes de critique : *Prétextes et Nouveaux pré-*

textes. Il y a là de bien pénétrantes études sur divers sujets d'esthétique et certains écrivains d'aujourd'hui, par exemple sur Nietzsche encore, dont M. Gide a si justement montré que ce n'est point un pessimiste, mais un croyant, si peu exclusivement démolisseur qu'au contraire « il construit à bras raccourcis » ; sur Mallarmé, Villiers de l'Isle-Adam, la traduction des *Mille et une nuits* du docteur Mardrus, M. Charles-Louis Philippe, Charles Péguy, etc.

Je cite de préférence les éloges. Il y a aussi des exécutions généralement justifiées. M. André Gide sait que les choses sérieuses doivent échapper à la convention mondaine de l'approbation systématique. Philinte est un homme qui n'aime pas la littérature. D'ailleurs, il arrive qu'on ferraille vigoureusement avec un adversaire pour qui l'on n'a que de l'estime. C'est le cas de M. Gide rompant une lance en faveur de Baudelaire contre l'excellent Faguet, qui partageait les préventions de Brunetière contre cet original et captivant magicien. Mais le morceau vraiment sans prix, dans ces deux volumes, c'est l'étude sur les Influences littéraires, leur rôle nécessaire et fécond, la ridicule peur moderne de perdre sa personnalité en subissant l'influence des maîtres. Ce sont des pages d'un robuste bon sens, d'un grand goût classique et d'un belliqueux entrain qui font à M. André Gide le plus grand honneur. Il va, lui, l'ancien antiintellectualiste des *Cahiers d'André Walter*, jusqu'à blâmer les préjugés d'aujourd'hui contre la part de la raison, de l'intelligence et de la volonté, de la composition en un mot, dans l'œuvre d'art digne de ce nom. Il reviendra plus loin sur ce thème et dira spirituellement : « Combien de ces artistes dont l'imperfection seule est personnelle, et qui, forcés de pousser l'œuvre plus avant, l'amèneraient à l'insignifiance ! »

La souplesse du talent de M. André Gide lui permet certes d'aborder avec succès tous les genres : insignifiant, lui, il ne le sera jamais. Mais c'est peut-être, comme Oscar Wilde, dans la critique et dans les provinces voisines qu'il me paraît supérieur. Mettons qu'il excelle dans l'essai, comme Montaigne. Tout le monde ne pouvant être poète épique, c'est encore un assez joli lot.

***

Le volume intitulé *le Retour de l'Enfant prodigue*, ne contient rien d'entièrement inédit ni de tout à fait récent. Des six traités qui le composent, deux seulement, *Bethsabé* et *le Retour de l'Enfant prodigue*, n'avaient jamais paru en librairie, mais ils avaient été insérés dans *Vers et Prose*, la revue de M. Paul Fort, en 1907 ou 1908. Le *Traité du Narcisse* et la *Tentative amoureuse* datent l'un de 1892, l'autre de 1893, c'est-à-dire de l'époque des débuts, et ont immédiatement suivi *André Walter*. *El Hadj* est de 1897, et *Philoctète* de 1898. Mais on est heureux d'avoir une occasion de lire ou de relire ces opuscules, depuis longtemps épuisés. Un vif intérêt s'attache à tout ce qu'a produit cet écrivain subtil, souvent un peu quintessencié, mais toujours original. Il est bon de contrôler par une seconde lecture les impressions qu'il nous donne, et l'on en retire généralement le même profit que d'une seconde audition de musiques difficiles. Le présent volume ne marque point une étape nouvelle de sa pensée. Mais ces six traités, comme il les appelle, en précisent certaines nuances, et ils offrent d'ailleurs le plus rare agrément. On se demande même si son esprit mobile et inquiet n'est pas plus à l'aise dans ces courts essais que dans des compositions plus étendues.

Les trois premiers, le *Traité du Narcisse*, la *Tentative amoureuse* et *El Hadj*, appartiennent à la période où M. André Gide était sous l'influence symboliste. Ce sont les plus ardus : les trois derniers sont beaucoup plus accessibles, et si l'on veut s'initier progressivement, on pourra commencer par la fin, quitte à reprendre ensuite l'ordre chronologique. Bien entendu, ces « traités » ne sont pas des exposés de doctrine en termes abstraits et dogmatiques, mais des contes ou des dialogues philosophiques : c'est ce qui les rend légèrement obscurs. Il faut retrouver l'idée sous le symbole. Les choses se compliquent, lorsqu'un même écrivain est à la fois un artiste et un penseur. Mais ce mélange, du reste peu fréquent, est bien savoureux.

Le *Traité du Narcisse* s'enveloppe d'un hermétisme mallarméen. Narcisse sent que son âme est adorable, mais voudrait en connaître la figure sensible et cherche un miroir. Il s'arrête au bord du fleuve du temps, regarde les apparences qui s'y réflètent, qui passent et fuient, et recommencent toujours, comme si elles s'efforçaient vers une perfection première et malheureusement perdue. Cette perfection a existé, dans le paradis terrestre, chaste éden, jardin des idées : mais Adam s'est ennuyé de cette splendide immobilité ; d'un geste, il a détruit la féerie idéale et fait naître la vie. Le rôle du poète est maintenant de discerner sous le flot du réel les archétypes paradisiaques qui s'y cachent désormais. Narcisse, se mirant dans l'eau courante, ne saurait toucher son image sans en brouiller les contours et ne peut que la contempler à distance. Comme Mallarmé, M. André Gide supprime les transitions et les enchaînements logiques. On est par instants un peu dérouté. En somme, cette théorie est fort platonicienne et par conséquent assez claire Nous n'avons aucune connaissance directe de rien, pas même de notre âme ; mais toute réalité est symbolique, tout n'est que symbole. Voilà, je crois, ce qu'a voulu dire M. André Gide.

La *Tentative amoureuse* ou le *Traité du vain désir*, est un petit conte délicieux, mais qu'il est impossible de résumer. C'est une série de croquis pittoresques et psychologiques, dont le charme ironique et poignant réside surtout dans le style et le choix des détails. Luc rencontre Rachel, à la lisière d'une forêt, non loin de la mer, un matin de printemps. Ils s'aiment, ils sont heureux presque tout l'été, et se séparent à l'automne. C'est tout. La première inquiétude vint à Rachel, lorsqu'elle sentit que Luc commençait à penser. La joie est brève, et l'attrait de la vie immense ne permet point de s'attarder à l'amour. Un incident décisif et avant-coureur de la rupture est une promenade où les deux amants marchent silencieux, préoccupés, parce que cette fois ils ont un autre but qu'eux-mêmes. Ils ne réussissent pas à entrer dans le parc qu'ils voulaient visiter. Mais peu importe. C'est peut-être le mirage d'une activité décevante qui les séparera : la séparation n'en est pas moins inévitable. « Deux âmes se rencontrent un jour, et, parce qu'elles cueillaient des fleurs, toutes deux se sont crues pareilles. Elles se sont prises par la main, pensant continuer la route. » Illusion ! Chacune continuera solitairement la sienne. Chacune cède à sa nature et au désir du nouveau. M. André Gide veut qu'on se quitte tout naturellement et sans larmes, l'histoire étant achevée. Quelle mélancolie dans cette placidité de surface ! Un dénouement de tragédie est moins profondément triste. « Levez-vous, vents de ma pensée, qui dissiperez cette cendre ! » conclut M. André Gide. Magnifique stoïcisme intellectuel, d'une qualité morale bien supérieure aux fameux « orages désirés » de René. Mais cette cendre ne se laisse pas dissiper si aisément et il advient que les plus énergiques volontés y échouent.

El Hadj est l'histoire ultra-symbolique d'un prophète qui console par de pieux mensonges et ramène dans sa ville un peuple égaré dans le désert, à la recherche d'un Chanaan chimérique et à la suite d'un prince mystérieux, toujours caché dans sa litière ou sous sa tente et dont personne n'a pu voir le visage. Seul le prophète a fini par être admis auprès du prince, mais plus il l'approchait, plus le prince dépérissait : on ne peut pourtant avouer au peuple qu'il est enfin mort, si tant est qu'il ait jamais vraiment existé. On devine que ce prince, c'est la foi, qui mobilise les nations et déplace les montagnes, mais s'accommode mal des curiosités indiscrètes. Cette histoire sent un peu le fagot. Mais le style est d'un lyrisme biblique.

Philoctète ou le *Traité des trois morales* est un drame philosophique, qui met en présence Ulysse, ou la raison d'Etat, Néoptolème, ou la pitié, Philoctète, ou la vertu esthétique et nietzschéenne, qui nous invite à nous dépasser nous-mêmes, sans souci d'utilité, sans considération du prochain, pour la beauté du fait et par amour de l'art, si l'on ose s'exprimer ainsi. On sait que, dans Sophocle, Philoctète ne renonce à sa rancune que sur l'intervention d'Héraklès. M. André Gide lui prête une générosité spontanée, dictée par les motifs que je viens d'indiquer. Héraklès ne lui est point extérieur, mais habite en lui. C'est cette morale de Philoctète qui a toutes les sympathies de notre auteur, foncièrement individualiste, mais idéaliste aussi. Cette moderne paraphrase de l'antique est vigoureusement conçue. L'écriture est moins poétique que dans les traités précédents, mais ferme et pénétrante.

Bethsabé, autre petit drame, nous ramène à la poésie de la Bible, dont M. André Gide s'approprie élégamment la grandeur imagée. L'idée est encore tout à fait intéressante. Lorsque le roi David a commis cet odieux abus de pouvoir d'enlever la femme de son pauvre et dévoué serviteur Urie, il est déçu, non que Bethsabé ne soit merveilleusement belle et délectable, mais ce que le puissant souverain avait envié, ce n'était pas seulement Bethsabé, c'était tout l'ensemble de ce qui constituait l'humble bonheur d'Urie, c'est-à-dire évidemment la sincérité de l'amour et la simplicité du cœur. Cela, rien ne peut le lui donner. Il renvoie Bethsabé et se flatte qu'Urie ignorera tout. « Car la trace du navire sur l'onde, de l'homme sur le corps de la femme profonde, Dieu lui-même ne la connaîtrait pas. » Mais Urie a été tué au siège de Raba, par la faute d'un courtisan, qui croyant plaire à David, a exposé ce brave à l'endroit le plus périlleux. Un premier crime engendre toujours une série de désastres. Et le vieux roi, qui ne peut plus supporter la vue de Bethsabé en deuil, sera désormais obsédé de remords.

Le Retour de l'Enfant prodigue, variation sur le thème de la parabole évangélique, exprime une fois de plus l'incoercible individualisme de M. André Gide. Sans doute, M. Gide ne blâme pas le prodigue d'être rentré dans la maison paternelle, puisqu'il était malheureux et fatigué. Vous entendez bien que cette maison paternelle représente les conservatismes et les traditionalismes politiques et religieux. Tout cela est excellent pour les faibles.

Les forts ont le droit et peut-être le devoir de s'en passer. « J'aime, disait ailleurs M. Gide, ce qui met l'homme en demeure de périr ou d'être grand. » Il recommande de vivre dangeureusement, si on le peut, selon la formule de Nietzsche.

Vous ai-je vraiment quitté ? dit le prodigue. Père, n'êtes-vous pas partout ? Jamais je n'ai cessé de vous aimer... — Toi, l'héritier, le fils, pourquoi t'être évadé de la Maison ? — Parce que la Maison m'enfermait. La Maison, ce n'est pas vous, mon père... Vous, vous avez construit toute la terre, et la Maison et ce qui n'est pas la Maison. La Maison, d'autres que vous l'ont construite ; en votre nom, je le sais, mais d'autres que vous...

Il ne s'accordera jamais avec son frère aîné, qui personnifie le joug et l'orthodoxie étroite. A sa mère, qui lui parle avec tendresse, il avoue : « Rien n'est plus fatigant que de réaliser sa dissemblance. Ce voyage à la fin m'a lassé. » Il a été réduit à subir d'autres maîtres : il a préféré rentrer au bercail et servir du moins ses parents. C'est un vaincu, il est résigné, mais non persuadé. Et il ne décourage point son frère cadet de tenter à son tour la même aventure ; il lui souhaite seulement plus de force et plus de chance. L'horreur de toute contrainte, de toute entrave, de toute limitation, voilà ce qui caractérise avant tout M. André Gide. Il a été tenté d'évoluer, comme tant d'autres ; il n'a pu s'y résoudre. « On m'attend. Je vois déjà le veau gras qu'on apprête... Arrêtez ! Ne dressez pas trop vite le festin ! » On considérera peut-être les principes de M. André Gide comme trop purement négatifs ; mais il ne les a pas modifiés depuis vingt-deux ans. Cet ami du changement montre un esprit de suite bien exceptionnel. C'est peut-être qu'il est resté jeune. Peut-être ses origines normandes expliquent-elles ses instincts nomades. Au surplus, on a tellement insisté en ces dernières années sur la nécessité des disciplines, qu'il n'est pas mauvais que la thèse contraire garde quelques défenseurs. La vérité comporte des aspects divers, dont aucun ne doit être sacrifié. M. André Gide contribue utilement pour sa part à l'équilibre de la littérature et de l'esprit public.

II

LES CAVES DU VATICAN

M. André Gide a publié dans la même saison trois ouvrages fort dissemblables. D'abord une traduction du *Gitanjali* de Tagore, le poète hindou lauréat du concours Nobel. Ce *Gitanjali* est une suite de petits poèmes, de lieds, tout embrasés de l'amour divin. Par la préface enthousiaste qu'il a composée pour cette traduction, M. André Gide semble s'associer aux sentiments de M. R. Tagore et montrer lui aussi une âme profondément religieuse.

Dans les *Souvenirs de la Cour d'Assises* qui parurent peu après, M. André Gide note les observations qu'il a faites comme juré à Rouen. Non seulement il ne s'efforça point comme tant d'autres d'éviter ces fonctions encombrantes, mais il les remplit avec une patience et une conscience admirables. Il ne chercha même pas dans ces spectacles de simples thèmes littéraires, des sujets à traiter, des figures à saisir sur le vif, mais il y apporta un beau zèle humanitaire et social ; il en retira des opinions sur les réformes possibles de nos institutions judiciaires. Ce lettré subtil et volontiers hermétique, souvent accusé de coupable dilettantisme par des censeurs un peu lourds, révéla en cette occasion une âme citoyenne.

Après s'être ainsi loyalement consacré au service de la divinité et du bien public, M. André Gide se crut en droit de s'amuser un peu. Il écrivit les *Caves du Vatican.* C'est un volume fort divertissant en effet, cependant ce n'est pas le moins nourrissant des trois. Il fut annoncé d'abord comme « Roman d'aventures ». La désignation, point inexacte, fut jugée insuffisante et remplacée par celle de sotie. On sait que les soties étaient au XVe siècle, des pièces burlesques jouées par les SOTS ou ENFANTS SANS SOUCI, habillés de jaune et de vert et coiffés du chapeau orné d'oreilles d'âne et de grelots. « Il se peut, dit M. Lanson, que selon une hypothèse assez vraisemblable, ils représentent des célébrants de la fête des fous, quand cette joyeuse et insolente parodie des cérémonies religieuses fut bannie de l'église. De la fête des fous, laïcisée par force, il ne subsista que le principe, l'idée d'un monde renversé qui exprimerait en la grossissant la folie du monde réel.... » L'une des plus célèbres soties jouées en 1511, au mardi gras, et dont l'auteur était Gringoire, était dirigée contre le pape Jules II... Les *Caves du Vatican* sont donc un roman philosophique, satirique et parodique. L'analyse n'en est point aisée, à cause de la complexité et de l'enchevêtrement des aventures. Le mieux sera de suivre pas à pas le récit, en tâchant d'en dégager peu à peu la signification.

L'an 1890, sous le pontificat de Léon XIII, M. Anthime Armand Dubois, savant matérialiste et franc maçon, souffrant de rhumatismes et à demi impotent, se rendit à Rome pour consulter un médecin spécialiste. M. Anthime Armand Dubois a la manie de tourmenter d'innocentes bestioles, sous prétexte d'expériences scientifiques, et aussi celle de blasphémer, notamment dans ses discussions avec son beau-frère, Julius de Baraglioul, romancier bien pensant et de valeur médiocre.

Il déclare par exemple que s'il dépendait de lui d'être guéri par un miracle, il refuserait pour ne pas devoir de reconnaissance à l'Etre Suprême. Boutade saugrenue, mais qui implique que ce savant ne conteste pas en principe la possibilité du miracle : il n'en use pas, voilà tout. C'est un révolté, non un négateur. Ayant appris que sa femme mettait pour lui des cierges à la Madone au coin de la rue, il est saisi d'une fureur dont un vrai philosophe serait incapable et brise d'un coup de béquille l'innocente statuette. M. André Gide nous enseigne ici que l'iconoclastie est un mouvement religieux et un acte de foi retourné, psychologiquement très voisin de la foi proprement dite. Nous ne sommes point étonnés de découvrir que la Madone, sa victime, apparaît nuitamment à M. Anthime Armand Dubois et lui propose sa guérison miraculeuse dont il ne voulait point. Il l'accepte pourtant, car c'est un homme intéressé, et il abjure solennellement ses erreurs dans l'Eglise du Gesù. Il est ruiné, attendu que ses capitaux sont engagés dans une affaire dont le succès dépend de la franc-maçonnerie et qu'il doit renoncer à sa collaboration aux journaux avancés. Mais on lui promet du côté catholique des compensations.

M. Julius de Baraglioul, rentré à Paris devient très amer. Sans doute il a reçu une lettre du vicomte de Vogüé contenant ce mot : « Une plume comme la vôtre défend la France comme une épée ». Mais son dernier roman spiritualiste ne marche pas du tout. « On m'éreinte de toutes parts », constate-t-il avec dépit. Sa candidature à l'Académie ne va pas non plus, malgré les assurances que lui a données le cardinal André. Son beau-frère Anthime n'a pas encore obtenu les compensations promises. Il commence à révoquer en doute la valeur de la protection du clergé. Symptômes graves chez un homme de lettres dont le spiritualisme n'a rien d'héroïque ! Sur ces entrefaites, son vieux père l'envoie à la recherche d'un jeune bohème du quartier latin nommé Lafcadio Wluki, et qui n'est autre qu'un fils naturel de ce vieillard ; ancien diplomate, le comte Jules-Agénor de Baraglioul avait connu la mère, demi-mondaine cosmopolite, à Bucarest. Julius trouve son frère naturel dans un hôtel garni, où il vivait avec une certaine Carola. Ce Lafcadio, élevé dans le luxe et le désordre, maintenant orphelin et pauvre, forme le contraste le plus complet avec Julius et Anthime, lesquels au contraire étaient à peu près de la même qualité morale, bien qu'ils eussent commencé par suivre des voies bien différentes, l'un à droite, l'autre à l'extrême gauche (et voilà qui prouve l'impartialité de M. André Gide).

Lafcadio est un être spontané, désintéressé, épris de liberté avant tout, mais impulsif et excentrique. Il nous paraîtra manquer de la maîtrise de soi-même, quoiqu'il s'évertue à l'acquérir. Très intelligent, il comprend malgré les cachotteries qu'il est le fils du vieux comte : celui-ci le reçoit, s'attendrit un instant, lui accorde une part d'héritage, mais l'exclut de la famille, selon la loi. Dans la rue. Lafcadio sauve deux enfants en danger de périr dans un incendie. Il pourrait être un héros. Une charmante jeune fille a été témoin de ce sauvetage : c'est Mlle Geneviève de Baraglioul, fille de Julius. Lafcadio raconte sa vie à ce dernier et lui apprend ses idées... Je n'ai jamais recherché, dit-il, que ce qui ne peut pas servir. On devine si Julius le considère comme un original. Il déclare en outre qu'il est « un être d'inconséquence ». Il déteste le « ragoût de logique », dont Julius alimente ses personnages ; il professe que ce qui gâte l'écriture, ce sont les corrections, les retouches, lesquelles en font une chose si grise. Dans la vie on se corrige peut-être, mais on ne peut corriger ce qu'on a fait. C'est ce qui lui paraît si beau de la vie ; il y faut « peindre dans le frais ; la rature y est défendue ». Bref un curieux tempérament d'aventurier idéologue.

Transportons nous aux environs de Paris chez la Comtesse de Saint Prix, veuve, solitaire et dévote. Un chanoine recommandé par un cardinal se présente à la comtesse comme chargé d'une mission ultra-secrète. Le secret, plein d'horreur, qu'il confie à sa discrétion, c'est que le pape, à la suite de deux encycliques anti-maçonniques, a été enlevé du Vatican et emprisonné dans les cachots du Château Saint Ange par les francs-maçons avec la complicité du Quirinal. Il a été remplacé par un faux pape qui exerce imperturbablement le ministère pontifical et désole les vrais croyants par ses condescendances pour les abominations modernes, notamment par sa politique de ralliement à la République Française. La terreur qu'inspire la maçonnerie est telle que personne n'ose élever la voix et que toute insinuation de la vérité serait catégoriquement démentie par les personnages les plus autorisés. Deux cent mille francs sont nécessaires pour corrompre le geôlier et délivrer le pape (Georges de Coûfontaine, dans l'*Otage* de M. P. Claudel avait enlevé, délivré Pie VII gratis, mais tout a renchéri). Cette histoire paraît extrêmement vraisemblable à la comtesse de Saint Prix, parce qu'elle flatte ses opinions catholiques et royalistes. Elle verse soixante mille francs au soi-disant chanoine, escroc et faussaire, qui est en réalité un certain Protos, ancien camarade de pension de Lafcadio Vluki. Ce qui est au dessus des forces de la Comtesse, c'est le silence. Elle raconte tout à Mme Amédée Fleurissoire, sœur de Mme Armand Dubois et de Mme de Baraglioul et femme d'un marchand d'objets de piété.

Celui-ci part immédiatement pour Rome. Cet Amédée est un pauvre homme faible et grotesque, un candide fantoche, et même un pur-simple comme Parsifal, ayant promis avant ses fiançailles à son meilleur ami, amoureux comme lui de la future Mme Fleurissoire, qu'il se contenterait d'un mariage blanc. On ne saurait pousser plus loin les délicatesses de l'amitié. On ne nous dit point ce que pensa Mme Fleurissoire du régime qui résulta pour elle de ce serment chevaleresque. Amédée arrive à Rome, ahuri, perdu, et il est la proie de la bande qui a organisé l'escroquerie de la délivrance du pape. L'un des affidés, jouant le rôle de facchino, lui offre de le conduire dans un hôtel paisible et le mène dans une maison malfamée des bords du Tibre, où la vertu du nouveau *reine-thor* succombe aux séductions non pas même d'une fille-fleur, mais de la Carola avec qui Lafcadio cohabitait naguère à Paris, et qui congédiée par lui, a émigré dans la Ville Eternelle où elle est gouvernée par Protos. Celui-ci prend pour Amédée l'aspect d'un vieux curé débonnaire, instruit de la captivité du pape, et le mystifie sans pitié, le présentant à Naples à un faux archevêque qui l'effare par son attitude scandaleuse destinée à détourner les soupçons. La situation est particulièrement difficile, les jésuites opportunistes et partisans du fait accompli, n'étant pas moins hostiles que les francs-maçons à la libération du vrai pape. Toute cette partie est d'un énorme comique rabelaisien.

La conscience et même les digestions d'Amédée

sont troublées par le remords. « Cette mission de choix, dit-il, réclamait un serviteur sans tache ; j'étais tout indiqué. A présent, c'en est fait. J'ai déchu ! » Tout en parodiant impitoyablement *Parsifal*, M. André Gide reconnaît jusqu'à un certain point le prestige des héros purs. Carola s'est prise de tendresse pour Amédée et l'engage à se méfier de ce bon curé.

Amédée perd pied tout à fait ; c'est trop compliqué, il n'y comprend plus rien. Mais cela ne le surprend pas. Par suite de ce trébuchement du Saint Siège, tout le reste à la fois chavirait. « Quoi de plus naturel ? A quoi se fier sinon au pape ? Et dès que cette pierre angulaire cédait, sur laquelle posait l'Eglise, rien ne méritait plus d'être vrai ». Le pape clef de voûte de la connaissance, n'est-ce pas la conséquence logique du dogme de l'infaillibilité proclamé par le dernier concile ? Amédée va en avoir de nouvelles preuves.

Il rencontre, place Saint Pierre, son beau-frère Julius, mais un Julius inédit, dont il se demande si c'est le vrai Julius, ou si les loges n'ont pas opéré encore une infernale substitution. A la suite d'une audience au Vatican, où il n'a rien gagné et où il s'est tenu si bien prosterné qu'il n'a pas pu voir le pape, Julius s'écrie : « Quels aveugles fait de nous le respect ! » Et il s'oriente vers l'incrédulité. C'est alors qu'Amédée lui révèle que le pape qui lui a donné cette audience n'est pas authentique. Julius s'emporte : « Comment ! J'arrive et à grand' peine à me purger l'esprit de tout cela ; je me convaincs qu'il n'y a rien à attendre de là, rien à espérer, rien à admettre, qu'Anthime a été joué, que tous nous sommes joués. Que ce sont là des pharmacies, et qu'il ne reste plus qu'à en rire... Eh quoi, je me libère et je n'en suis pas plutôt consolé que vous venez me dire : Halte là ! Il y a maldonne : recommencez !... Ah non, par exemple. Ah ça non jamais : je m'en tiens là. Si celui-là n'est pas le vrai, tant pis ! » C'est une imposture que repousse Julius, mais il ne la discute même pas ; il l'écarte, non comme fausse, mais comme gênante ; ce serait l'évidence qu'il ne l'accueillerait pas autrement. Rassurez-vous. Il reviendra dans le bon chemin, mais sans que la raison y contribue davantage.

Lafcadio ayant touché l'héritage de 40.000 francs de rente que lui a laissé son père, voyageait en Italie pour se distraire. Il a pour voisin Amédée qu'il ne connaissait pas. Brusquement, il le précipite par la portière. Pourquoi ce meurtre ? Pour rien. Déjà dans *le Prométhée mal enchaîné*, M. André Gide se préoccupait de dégager un acte entièrement libre et gratuit. Et *Paludes* portait en sous-titre : « Traité de la contingence ». Lafcadio a voulu commettre un acte libre et contingent. Sa raison fut qu'il n'avait pas de raison. Ajoutez-y le goût de la dissimilation et du risque, la curiosité non pas tant des événements que de lui-même, le désir d'embarrasser la police qui ne pourra retrouver le motif du crime, puisque le crime sera immotivé... Avouons que la plaisanterie est un peu forte ! Cet immoraliste exagère.

Dans son *Prométhée* M. André Gide citait ce mot de Gœthe : « Il n'y a pas de si grands crimes que je ne me sois senti à certains jours capable de commettre », et il ajoutait : « Les plus grandes intelligences sont aussi les plus capables de grands crimes, que d'ordinaire elles ne commettent pas, par sagesse, par amour, et parce qu'elles s'y limiteraient. » Il semble au contraire que les hommes les plus capables de crimes sont de simples brutes et que si l'idée d'un crime peut traverser une grande intelligence, c'est là, comme le pensait Taine, un vestige de l'animalité primitive. Ce qui est exact, c'est que la culture intellectuelle fait l'office de cran d'arrêt et aussi qu'elle offre une diversion. J'ai toujours été choqué de voir que l'immoraliste de M. André Gide, dans le roman qui porte ce titre, était un intellectuel de carrière. Lafcadio a l'esprit vif, mais peu cultivé ; il nous a expressément avisé qu'il n'aimait point la lecture. Aussi son imagination et sa curiosité, faute d'alibis et de débouchés contemplatifs, ne peuvent-elles se satisfaire que dans l'action.

Je ne crois pas du tout que M. André Gide ait des complaisances pour la criminelle fantaisie de Lafcadio, mais au contraire, bien qu'il ne s'en explique pas nettement, que cet épisode conclut à la supériorité de la contemplation sur la réalisation. Eh ! il n'est pas prudent de conseiller à tout le monde d'agir et de s'embarquer dans la pratique. A la bien prendre, l'histoire du meurtre perpétré par Lafcadio pourrait bien n'être qu'une satire de l'antiintellectualisme et de l'école de la vie.

En tous cas, ce crime a de plaisantes conséquences. M. Julius de Baraglioul convaincu que son beau-frère Amédée est mort assassiné par les sicaires des loges pour l'affaire du pape, s'écrie : C'était donc vrai ! Il en déduit cet axiome qu'il est bien dangereux de savoir tant de choses, et comme il a justement de meilleures nouvelles de sa candidature académique, il revient vite à la foi : bientôt il oubliera qu'il l'avait quittée et se félicitera pour la constance honnêtement récompensée de ses convictions. Inversement, Anthime Armand Dubois, mis au courant, s'emporte et menace de vendre la mèche. Car lui, il n'a pas touché sa récompense. D'où son acrimonie, bien qu'il ait affecté (et peut-être même sincèrement professé jusque là) un désintéressement qui agaçait Julius comme une critique indirecte de son propre arrivisme. » Qui me dira, s'écrie Anthime, si Fleurissoire, en arrivant au Paradis, n'y découvre pas tout de même que son Bon Dieu non plus n'est pas le vrai ? » Villiers de l'Isle Adam eût envié ce trait à M. André Gide. Et Anthime jette à Julius cette phrase : « Non, mais vraiment vous en parlez trop à votre aise, vous à qui, vrai ou faux, tout profite... »

Ainsi la même révélation qui ramène Julius à la religion, en détourne définitivement Anthime, dont les douleurs au surplus ont reparu, l'efficacité du miracle étant épuisée. Il rentre à la loge et dans la presse anticléricale. Ce ne sont pas les seules idées mais les intérêts qui mènent les hommes. Et le roman de M. André Gide est la plus mordante dérision de l'esprit humain, sur qui ni la vérité, ni même l'erreur n'ont de pouvoir qu'à la condition de coïncider avec les visées égoïstes. Bien mieux, ou pis encore, cet égoïsme abject est pourtant salutaire, puisque c'est le désintéressement qui a conduit Lafcadio au crime. Ce livre est d'un pessimisme effrayant ; M. André Gide se révèle humouriste de la lignée de Swift.

Un espoir nous reste-t-il ouvert ? Lafcadio s'est aperçu qu'on ne s'affranchissait du lien social que pour s'exposer à un autre esclavage. Protos, témoin de l'assassinat, prétend le faire chanter et l'embrigader dans sa bande. Lafcadio refuse : arrive que pourra ! Protos, dénoncé par Carola qui le croit l'assassin d'Amédée Fleurissoire, étrangle cette fille par vengeance : il est arrêté. Que fera Lafcadio ? Geneviève de Baraglioul n'a pas cessé de l'adorer depuis son exploit de sauveteur : elle l'aime toujours malgré son forfait : elle se donne à lui. Sera-t-il sauvé comme Faust par l'éternel féminin ? Un mot permet d'en douter : « Il l'estime un peu moins depuis qu'elle l'aime un peu plus. » Mot atroce et vraiment impie ! Mais ceci est une autre histoire, comme il est dit dans Rudyard Kipling. Le roman ne finit pas. M. André Gide annonce une suite. Nous verrons bien.

III

LA SYMPHONIE PASTORALE

Le séduisant ouvrage de M. André Gide, *la Symphonie Pastorale*, est un court « récit », comme *Isabelle*, et la *Porte étroite*. Le lieu de l'action est un village suisse. Les héros sont un pasteur protestant et une jeune aveugle-née. Le premier a découvert la seconde en visitant, selon le devoir de son ministère, une vieille pauvresse, parente de l'infirme, et qui l'avait recueillie. Il la recueille à son tour par un beau mouvement de charité évangélique, qui n'a pas l'approbation de son épouse Amélie, personne d'éminente vertu, mais un peu sèche et prosaïque. La jeune aveugle n'ayant reçu de la vieille, ignorante, et sourde par dessus le marché, aucune espèce de soins physiques ni spirituels, est horriblement sale et à peu près idiote. La femme du pasteur, soumise, mais hostile, la nettoie en rechignant : le pasteur lui-même entreprend de l'instruire. Il se trouve devant une table rase : la jeune Gertrude réalise effectivement la fameuse statue hypothétique de Condillac. Il s'agit de l'animer. Le pasteur s'y emploie de son mieux, par générosité pieuse, mais il ne manquera pas de tomber amoureux de cette trop séduisante statue qu'il éveille à la vie : ce sera l'aventure de Pygmalion et aussi celle de Paphnuce, moine d'Antinoé, qui se damne pour avoir voulu, par zèle apostolique, sauver l'âme trop délicieusement logée de la courtisane Thaïs. Dans le *faire* même de ce beau récit, des grâces piquantes et des ironies légères rappellent un peu par instants la manière d'Anatole France.

Lorsque Gertrude montre pour la première fois une lueur d'intelligence et commence à comprendre les mots qu'il lui enseigne avec une évangélique patience, l'excellent pasteur déborde de joie religieuse et de reconnaissance envers le ciel, comme le docteur anglais, éducateur de l'aveugle et sourde-muette Laura Bridgeman, lequel, en pareille occurence, tomba à genoux pour remercier le Seigneur. Osera-t-on insinuer qu'en pareil cas la bonté divine ne se manifeste que d'une façon relative, par des pis-aller, et que l'on comprend au moins aussi bien le Saunderson de Cheselden et de Diderot disant au révérend Holmes : « Voyez moi bien, Monsieur

Holmes, je n'ai point d'yeux. Qu'avions-nous fait à Dieu, vous et moi, l'un pour avoir cet organe, l'autre pour en être privé » ? Et Saunderson répondait à ce même ministre qui lui développait la preuve de l'existence de Dieu par les merveilles de la nature : « Eh, Monsieur, laissez là tout ce beau spectacle qui n'a jamais été fait pour moi... Si vous voulez que je croie en Dieu, il faut que vous me le fassiez toucher. »

A ce propos, Voltaire écrivait à Diderot : « Je vous avoue que je ne suis point du tout de l'avis de Saunderson qui nie Dieu parce qu'il est né aveugle. » Et il est vrai que cette cécité ne démontre pas l'athéisme ; mais elle n'est peut-être pas non plus un motif d'hymnes jaculatoires et de *Te Deum*. De même, en écoutant le sublime adagio du quinzième quatuor, on peut se dire que ce jeune homme convalescent devrait une bien autre gratitude à la divinité s'il n'avait jamais été malade. Mais on accordera que le héros de M. André Gide a les vues qui conviennent à son caractère.

Une fois sortie de sa torpeur, Gertrude fait des progrès rapides : « C'est tout de même ainsi, écrit le pasteur [1], que la tiédeur de l'air et l'insistance du printemps triomphent peu à peu de l'hiver. Que de

1. ... Le « récit » se compose de deux cahiers ou journaux intimes, dans lesquels le protagoniste parle à la première personne.

fois n'ai-je pas admiré la manière dont fond la neige : on dirait que le manteau s'use par en dessous, et son aspect reste le même. » A chaque hiver, Amélie y est prise et déclare : « La neige n'a toutoujours pas changé ; on la croit épaisse encore quand déjà la voici qui cède, et tout à coup de place en place, laisse reparaître la vie. » Ce qui coûte au maître le plus de peine, c'est de donner à la jeune aveugle une idée des couleurs. Il la mène au concert, à Neufchâtel, lui fait remarquer les sonorités différentes des cordes, des bois et des cuivres et l'invite à se représenter les colorations rouges et orangées analogues aux sonorités des cors et des trombones, les jaunes et les verts à celles des violons, des violoncelles et des contrebasses ; les violets et les bleus étant suggérés par les flûtes, les clarinettes et les hautbois. C'est l'audition colorée selon Baudelaire et Rimbaud. Il est parfaitement exact que les timbres des instruments font songer aux couleurs, en général, mais il est difficile de serrer le détail de près.

Il est des parfums frais comme des chairs d'enfants,
Doux comme les hautbois, verts comme les prairies...

Pour l'auteur des *Fleurs du Mal*, il semble bien que les hautbois soient verts et leur fraîcheur un peu acide se distingue en effet du velouté bleuâtre des flûtes plus claires et des clarinettes plus sombres. D'autre part, les violons aériens du prélude de *Lohengrin* suggèrent une coloration céleste, bleu pâle ou bleu et argent, plutôt que jaune ou verte. Telle est du moins mon impression. Et il n'y a peut-être en ces matières que des impressions personnelles, variables même selon le moment et le contexte. Mais est-il bien sûr que les aveugles nés eux-mêmes n'aient aucun soupçon des couleurs ?

« D'ordinaire, dit Taine, leur cristallin quoique opaque laisse déjà passer un peu de lumière ; l'aveugle de Cheselden distinguait au moins trois couleurs : le blanc, le noir et l'écarlate [1] ».

La fillette de M. André Gide avait au moins une notion de la lumière, puisqu'elle imaginait le chant des oiseaux comme un de ses effets, ainsi que la chaleur qui caressait ses joues, et puisqu'il lui paraissait tout naturel que l'air chaud se mît à chanter, de même que l'eau bout près du feu. J'ai vu citer, je ne sais plus où, un mot d'enfant qui, entendant ronronner le chat couché devant le feu, disait à sa mère : « Le chat commence à bouillir ».

Le digne pasteur enseigne à Gertrude que ces petites voix émanent de créatures vivantes dont il

1. ... *De l'Intelligence.*

semble que l'unique fonction soit de sentir et d'exprimer l'éparse joie de la nature. « Est-ce que vraiment, disait-elle, la terre est aussi belle que le disent les oiseaux ?... Pourquoi les autres animaux ne chantent-ils pas ? » Elle forçait ainsi son professeur de réfléchir à des choses qu'il avait jusqu'alors acceptées sans s'étonner.

La même question revient après une audition de la *Symphonie pastorale* : « Est-ce que vraiment ce que vous voyez est aussi beau que cela ? que cette scène au bord du ruisseau ? » L'opinion du pasteur, qu'il ne donne pas à Gertrude, est que Beethoven peignait par ces harmonies ineffables « non pas le monde tel qu'il était, mais bien tel qu'il aurait pu être, qu'il pourrait être sans le mal et sans le péché. » Mais jamais encore il n'avait osé parler à Gertrude du mal, du péché, de la mort. Un de ses textes favoris est celui-ci : « Si vous étiez aveugles, vous n'auriez point de péché ». (Jean, IX, 41).

Il a peut-être tort de le prendre à la lettre et de l'appliquer à Gertrude. Celle-ci est pure et innocente, assurément, mais comme toute jeune fille bien née et bien élevée, et sa cécité n'y est pour rien. Le texte du quatrième évangile est évidemment métaphorique. Et Jésus dit : « Je suis venu dans ce monde pour un jugement, pour que ceux qui ne voient pas voient, et que ceux qui voient deviennent aveugles. — Quelques uns des Pharisiens qui étaient avec lui, entendant cela, lui dirent : Sommes nous aveugles, nous aussi ? — Jésus leur dit : Si vous étiez aveugles vous n'auriez point de péché. Mais maintenant vous dites : Nous voyons. Votre péché demeure. » (Traduction Lamennais). Il est clair que ce langage est figuré. N'a-t-on pas un peu abusé par la suite de ce symbolisme, et un peu trop cru, dans un sens littéral, que les aveugles étaient moralement privilégiés ? A moins qu'on ne les ait crus moralement disgrâciés. « Il faut voir pour aimer », dit un vieil aveugle de Maeterlinck. Mais c'est une métaphore aussi, et dans le sens où il faut voir — c'est à dire connaître — pour aimer, les aveugles voient suffisamment. L'affinement des autres organes supplée pour eux celui qui leur manque. Au point de vue moral, il n'y a aucune raison pour qu'ils soient autres que nous.

Quant à l'idée de la beauté qu'aurait le monde sans le mal et sans le péché, ce n'est pas une idée absolument fausse, mais à condition de ne pas l'interpréter non plus d'une façon trop stricte. D'authentiques sacripants, menant une vie scandaleuse, ont été de grands amateurs d'art ou même de grands artistes, mais il est vrai qu'ils n'ont pu être si sensibles à la beauté que grâce à ce qui subsistait en eux de bon et de noble malgré leurs écarts. D'où l'on pourrait à la rigueur conclure que ces désordres n'avaient pas une importance capitale, malgré l'indignation qu'ils excitent chez d'honnêtes gens un peu timorés et asservis à la règle ordinaire. En revanche, l'ascétisme radical est l'ennemi de l'art et du beau. Enfin la nature se complaît dans sa splendeur avec une superbe indifférence pour nos maux et nos fautes ; peut-être est-elle encore plus belle qu'un Beethoven lui-même n'est capable de le comprendre et de l'exprimer. Ce qu'il peint est plus beau que nous ne l'aurions senti par nos seuls moyens, mais non pas sans doute supérieur à ce qui est.

Le fils aîné du pasteur, Jacques, étudiant en théologie, s'éprend de Gertrude, et le drame se complique d'un conflit de doctrine. Par une ironie qui n'est plus légère que dans la forme, mais qui a une portée profonde et redoutable, M. André Gide fait dire à son pasteur : « Un instinct aussi sûr que celui de la conscience m'avertissait qu'il fallait empêcher ce mariage à tout prix. » C'est la plus vulgaire jalousie qui pousse le pasteur à empêcher son fils d'épouser Gertrude, mais qu'est-ce donc que la conscience, si elle est sujette à de telles illusions ? D'ailleurs l'arme est à deux tranchants comme tout scepticisme. Si la conscience n'est rien, ou peu de chose, on peut conclure à l'immoralisme, mais aussi à la nécessité de rétablir le dogme écrit. Il y a des négations qui se veulent émancipatrices, et d'autres qui prétendent nous remettre sous le joug, par crainte de l'anarchie.

On pense bien que l'honorable pasteur de M. André Gide n'est pas précisément immoraliste. Il ne suivrait même pas Renan, répondant à une objection d'Amiel : « Quant au péché, je crois bien que je le supprime. » Mais cette notion l'importune. Il reproche à son fils de devenir traditionnaliste et dogmatique, de préférer l'enseignement de saint Paul à celui du Christ, d'être de ces âmes qui « se croient perdues dès qu'elle ne sentent plus, auprès d'elles, tuteurs, rampes, et garde fous, qui tolèrent mal chez autrui une liberté qu'elles résignent, et qui souhaitent d'obtenir par contrainte tout ce qu'on est prêt de leur accorder par amour. » L'*Epitre aux Romains* lui déplaît particulièrement et il refuse de la faire lire à Gertrude. Il se dit : « Je cherche à travers l'Evangile, je cherche en vain commandement, menace, défense... Tout cela n'est que de saint Paul. »

Mais a-t-il bien cherché ? Ce texte de saint Paul qui d'après lui inquiéterait inutilement sa Gertrude : « Le péché a pris de nouvelles forces par le commandement » (*Rom.*, II, 13) ne s'accorderait-il pas avec celui-ci : « Si je n'étais pas venu, et ne leur eusse point parlé, ils n'auraient point de péché, mais maintenant ils n'ont point d'excuse de leur péché ». (Jean, XV, 22). Dans le même chapitre du même quatrième évangile, particulièrement cher au pasteur, on lit un peu plus haut : « Celui qui ne demeure pas en moi, il sera jeté dehors comme le sarment et il sèchera et on le ramassera pour le jeter au feu et le brûler ». (*Ibid.*, 6). Cette parabole du vigneron dans sa vigne n'est peut-être pas une pure idylle. Il y a aussi des ombres au tableau. Et Matthieu lui-même n'abonde-t-il pas en anathèmes contre les races de vipères et les sépulcres blanchis, en menaces de ténèbres extérieures, de pleurs et de grincements de dents ? L'opposition entre le Christ (ou ce que nous savons de lui par les évangélistes) et l'apôtre des Gentils n'est-elle pas une invention du héros de M. André Gide ? On se rappelle les dernières pages du *Saint Paul* de Renan. « Paul est le père du subtil Augustin, de l'aride Thomas d'Aquin, du sombre calviniste, de l'acariâtre janséniste, de la théologie féroce qui damne et prédestine à la damnation. Jésus est le père de tous ceux qui cherchent dans les rêves de l'idéal le repos de leurs âmes. » C'est peut-être vrai, si l'on considère le ton et l'accent général, ou surtout si l'on fait un choix dans les textes évangéliques, mais on y découvre certainement aussi la rude doctrine paulinienne, et il y a peut-être plus d'originalité hardie dans la douceur virgilienne de François d'Assise que dans la théologie de l'auteur des *Epitres*.

Le malheureux pasteur qui regardait l'état de joie comme obligatoire pour un chrétien, en est bientôt rudement précipité dans l'affreuse détresse. Moins perspicace que sa femme pourtant si bornée, il a mis longtemps à se rendre compte qu'il aimait Gertrude. Même après l'avoir compris, il résiste aux scrupules, et par une enivrante nuit d'été, après le premier et unique baiser, il s'écrie : « S'il est une limitation dans l'amour, elle n'est pas de vous, mon Dieu, mais des hommes. Pour coupable que mon amour paraisse aux hommes, oh, dites-moi qu'aux vôtres, il est saint. » Le pauvre homme n'est plus de la paroisse de Jean, mais de Jean-Jacques. Peut-être s'abandonnerait-il définitivement à cet amour coupable ou saint, mais en tout cas irrésistible, sans le secours adventice d'un événement tragique. Les médecins reconnaissent que Gertrude est opérable ; on l'opère ; elle voit. C'est la catastrophe. Elle aimait le pasteur avant de l'avoir vu. Elle avait dédaigné pour lui les avances de Jacques. Maintenant c'est Jacques qu'elle aime, parce qu'il est tel qu'elle s'imaginait que devait être le pasteur. L'opération de la cataracte lui a révélé la différence des âges. M. André Gide peut invoquer ici l'autorité de Diderot : « Elle (une jeune aveugle, Mlle Mélanie de Salignac) était peu sensible aux charmes de la jeunesse et peu choquée des rides de la vieillesse. Elle disait qu'il n'y avait que les qualités du cœur et de l'esprit qui fussent à redouter pour elle. C'était encore un des avantages de la privation de la vue surtout pour les femmes. Jamais, disait-elle, un bel homme ne me fera tourner la tête ». C'est un peu étonnant, et l'on aurait supposé que l'ouïe, le toucher et l'intuition permettaient aux aveugles de discerner un jeune homme d'un homme mûr ou d'un vieillard.

Quoiqu'il en soit, Gertrude désespérée de son erreur, et des chagrins qu'aura causés sa présence dans cette famille pastorale, se noie comme Ophélie, non sans s'être préalablement convertie au catholicisme comme a fait Jacques qui va même jusqu'à entrer dans les ordres. C'est le désastre complet pour l'infortuné pasteur, dont le sort inspire une immense pitié.

M. André Gide entend-il approuver cette double conversion finale et pense-t-il qu'elle soit logiquement exigée par l'aventure, où le père de Jacques n'a pas trouvé dans sa foi trop latitudinaire d'abri contre les faiblesses du cœur ? Ce serait une thèse bien contestable, attendu que les passions ont fait des victimes parmi les fidèles de toutes les religions. L'auteur ne se prononce pas expressément : ce n'est pas sa manière. Il est subtil, mobile, volontiers évasif, parfois même un peu décevant. Mais son talent, l'un des premiers d'aujourd'hui, a des séductions auxquelles il faut se rendre, et l'on ne peut reprocher à cette *Symphonie pastorale*, si suggestive et si attachante, que de manquer de longueurs.

IV

LES LIVRES D'ANDRÉ GIDE

André Gide vend ses livres. Cela peut arriver à tout le monde, même — ou surtout, par le temps qui court — à un homme de lettres. L'homme de lettres est généralement imprévoyant, mauvais administrateur de ses deniers, et d'ailleurs sujet à d'étranges vicissitudes : il peut gagner une fois cent mille francs, ou davantage, et dix-huit cents francs l'année suivante. Pas d'absurdité plus inique que l'impôt sur le revenu, appliqué à des gains si aléatoires ! L'homme de lettres est plus exposé que tout autre, non seulement à se voir obligé de vendre, mais à être vendu. D'autre part, il est souvent fantaisiste, capricieux, et pourrait chercher de l'argent tout simplement pour acheter autre chose. On en découvrirait même par hasard un ou deux qui appartiennent à la catégorie des bibliophiles spéculateurs, et qui réalisent au moment qu'ils jugent favorable : car on joue aujourd'hui sur les livres comme sur la Royal Dutch ou le Rio-Tinto. Et c'est déplorable, parce que la hausse artificielle qui en résulte rend beaucoup de vieux et de beaux ouvrages inaccessibles à des lettrés de condition modeste, mais qui, eux, les liraient.

Au surplus, aucun de ces cas n'est celui d'André Gide, qui ne vend qu'une partie de sa bibliothèque, et pour des raisons très particulières, telles qu'on les pouvait attendre de cet esprit subtil. Il les énonce dans une brève préface, en tête du catalogue dressé par Edouard Champion. « Le goût de la propriété n'a, chez moi, jamais été bien vif, dit André Gide. Il me paraît que la plupart de nos possessions sur cette terre sont moins faites pour augmenter notre joie, que nos regrets de devoir un jour les quitter. » Quel dommage de quitter tout cela ! s'écriait Mazarin mourant. Ce cardinal ne pratiquait en aucune façon le détachement des biens de la terre. L'immoraliste Gide a toujours montré, au contraire, une propension au renoncement et à l'ascétisme. Sa vente signifie un adieu partiel aux vanités du monde, et l'on ne s'étonnerait pas d'apprendre un jour son entrée à la Trappe, s'il n'était notoirement protestant. Un autre motif qu'il donne est d'une moindre spiritualité et vraiment peu sérieux. « Peu soigneux, j'ai sans cesse la crainte que les objets que je détiens ainsi ne s'abîment ; qu'ils ne s'abîment davantage encore si, partant en voyage, je les abandonne longtemps. Projetant une longue absence, j'ai donc pris le parti de me séparer des livres acquis en un temps où j'étais moins sage, que je ne conservais que par faste... » Gide aurait aisément trouvé quelque officieux pour épousseter en son absence. Mais voici le point qui frappe le plus et fait en ce moment l'objet de nombreuses conversations.

Gide déclare qu'il en vend « d'autres enfin qui *lui* sont demeurés chers entre tous aussi longtemps qu'ils n'éveillaient en *lui* que des souvenirs d'amitié ». C'est-à-dire qu'il se débarrasse de ceux dont les auteurs, après avoir été ses amis, ont cessé de l'être. En d'autres termes encore, Gide ne supporte pas d'avoir chez lui des ouvrages d'écrivains avec qui il est personnellement brouillé. Et c'est là-dessus qu'on discute. Regardera-t-on cela comme le témoignage d'une âme tendre et comme un joli raffinement sentimental ? Ou bien est-ce décidément une erreur, et doit-on considérer à part l'œuvre, qui peut rester intéressante, alors même qu'on aurait à se plaindre des actes personnels de l'auteur ? Pour un critique, la question ne se pose même pas. Il doit tout lire, garder tout ce qui en vaut littérairement la peine, et compter sur peu d'amis. Mais Gide n'a fait de critique que par occasion : c'est un poète, un conteur, un analyste, du plus beau talent du reste, mais assez subjectif comme la plupart de ceux d'aujourd'hui. Il n'a donc pas besoin d'une bibliothèque complète et méthodique : écrivant par humeur, il peut bien lire de même, comme voyageait Barrès, et repousser tout ce qui l'ennuie ou le heurte. On est seulement un peu surpris de la manifestation. Les curieux d'histoire littéraire anecdotique commenteront l'inscription à ce catalogue des noms de d'Annunzio, Claudel, Francis Jammes, Pierre Louys, Maeterlinck, Eugène Montfort, Henri de Régnier, Romain Rolland, André Suarès... Est-il possible que Gide ait rompu avec ces confrères et ces compagnons de sa jeunesse ? Mais ce n'est pas tout. Il vend aussi les éditions originales de ses propres ouvrages : quarante ou cinquante numéros au catalogue ! Ce délicat n'est-il pas quelquefois, en effet, son pire ennemi et son propre bourreau ?

J'ai reçu la lettre suivante :

La plage d'Hyères, 13 *avril* 25.

CHER MONSIEUR SOUDAY,

Je m'affecte de trouver dans la liste que vous dressez de ceux de mes confrères avec qui j'ai « rompu », le nom d'un des rares contemporains que j'admire : Paul Claudel — dont l'amitié pour moi ne s'est jamais démentie, et pour qui je garde, malgré de profondes divergences d'opinions, l'estime et l'affection les plus vives. Les manuscrits et livres que je tiens de lui me restent chers ainsi qu'aux premiers temps de notre amitié et je les conserve précieusement. Quelques livres de lui figurent, il est vrai, parmi ceux que je mets en vente ; ce sont livres sans dédicaces, ainsi que d'autres, que vous pouvez voir mentionnés dans le catalogue, de Mallarmé, de Moréas, de Barrès, de Heredia, d'Annunzio ou de Romain Rolland ; livres qui ne me font souvenir que d'une crise de bibliomanie, dont je me suis fort heureusement guéri. De ceux que je viens de nommer, il va sans dire que je conserve tous les livres qu'ils m'ont offerts. Croyez bien que je ne verrais pas d'un cœur léger figurer à une vente le manuscrit dédicacé de l'*Otage*, ou celui des 40 exemplaires de ses poèmes que Mallarmé orna pour moi d'un quatrain. Mais lorsqu'il m'arrive de relire aujourd'hui les quelques rares vers de Mallarmé que je ne sache point déjà par cœur, ce n'est pas ces précieux cahiers que je rouvre, mais bien l'édition la plus vulgaire. C'est aussi dans une réédition ordinaire que je relirai désormais la délicieuse *Almaïde* ; car, quoi que vous en disiez, aucun ressentiment ne saurait incliner mes goûts.

Mettre en vente la rarissime première édition des *Leaves of grass* n'équivaut point à bannir l'œuvre de Whitman de ma bibliothèque ; il n'y a dans cette vente aucun désaveu. Vous le savez du reste et l'avez dit :

l'amour de la littérature n'a que très peu de chose à voir avec celui des livres rares. Dans l'édition à 1 fr. 20, où je la relis à présent, que j'emporte avec moi en promenade et couvre de coups de crayon, l'*Education sentimentale* ne me paraît pas moins admirable que dans cette première édition dont je me sépare et que je crois bien n'avoir jamais ouverte. Si je possédais quelque première édition d'une pièce de Racine ou de Molière, je m'en séparerais également ; je préfère un livre de classe.

Veuillez croire à mes sentiments bien cordiaux.

André Gide.

On est heureux d'apprendre que rien n'est venu troubler l'amitié et l'admiration réciproques d'André Gide et de Paul Claudel. Ces sentiments et cette fidélité les honorent également l'un et l'autre. On sait d'ailleurs que Claudel est aussi libéral dans la conduite de sa vie qu'absolu dans sa doctrine. Mais on pouvait s'y tromper en lisant le catalogue de la vente, établi par Édouard Champion, en tête duquel André Gide déclare : « ... J'ai pris le parti de me séparer de livres acquis en un temps où j'étais moins sage, que je ne conservais que par faste ; d'autres enfin qui me sont demeurés chers entre tous aussi longtemps qu'ils n'éveillaient en moi que des souvenirs d'amitié. » Pour les morts, Mallarmé, Moréas, Barrès, Heredia ou autres, comme ils n'avaient pu dans leur tombe se brouiller avec Gide, on entendait bien qu'ils succombaient à la réforme somptuaire. Pour les vivants, on devait naturellement croire à la brouille, et en voyant Gide vendre ses propres ouvrages, on a conclu qu'il était brouillé avec lui-même. Il ne s'explique pas sur ce dernier point, mais il excepte Claudel, d'Annunzio et Romain Rolland de ses proscriptions. Il ne fait pas grâce à Francis Jammes, mais admet en sa faveur une nuance : il relira dans une édition ordinaire *Almaïde d'Etremont*, car « aucun ressentiment ne saurait incliner ses goûts ». Il a fait jadis le plus ardent éloge d'*Almaïde*, dans *Prétextes*. Il ne s'en dédit pas. Au surplus, je ne l'ai pas précisément blâmé ; je comprends qu'un écrivain sensible, qui n'a pas les obligations d'un critique de carrière, choisisse ses lectures et ne reçoive dans sa bibliothèque que de vrais amis de son cœur et de son esprit. Le bon Flaubert, grand intellectuel cependant, interdit *ab irato* à Mendès de lui envoyer sa revue la *République des lettres*, qui avait éreinté Renan. Il y aurait aujourd'hui du froid entre l'auteur de la *Tentation* et M. Henri de Régnier, qui a récemment traité Renan d' « assez bon écrivain » ! De vives passions littéraires, poussées jusqu'au déni de justice et à la rupture des relations personnelles, sont peut-être indispensables aux poètes et aux romanciers, pour l'originalité de leur œuvre. La vente d'André Gide apparaît comme pleine de promesses, et nous vaudra sans doute un nouveau *Retour de l'Enfant prodigue*, ou un autre *Traité du Narcisse*. Car son renoncement n'ira point à cesser d'écrire : ce serait un désastre : un tel écrivain doit compte au public du *talent* qui lui a été confié, comme dit à peu près l'Evangile.

Sur la question bibliophilique, je ne suis de l'avis d'André Gide qu'avec une réserve. J'ai souvent raillé les bibliophiles qui ne lisent pas ; j'ai dénoncé parfois un peu rudement ceux qui spéculent comme les vendeurs du temple, mais ce que je leur reproche, c'est de provoquer une hausse mettant les beaux livres hors de prix pour les lettrés qui les liraient et qui souvent en ont besoin pour leurs travaux. L'essentiel est de lire, c'est entendu. Une édition quelconque y suffit. On a plaisir à savoir que Gide ne renie pas Flaubert, ni Mallarmé. Mais telle faute commise par de récents typographes dans *Madame Bovary* ne se trouve pas dans l'édition de 1857, corrigée par Flaubert lui-même. Pour les maîtres les plus anciens, les éditions de l'époque, surtout celles du seizième siècle, sont tellement plus jolies à l'œil que les meilleures d'aujourd'hui ! Et comme elles parlent à l'imagination !

Nous ne pardonnerons pas aux bibliophiles d'avoir aboli l'heureux temps où l'on en trouvait pour quelques sous dans les boîtes des quais.

V

MASSIS CONTRE GIDE

Un article de M. Henri Massis sur « l'Influence de M. André Gide », paru dans la *Revue universelle*, a fait quelque bruit. M. Henri Massis, ancien bergsonien, converti à l'orthodoxie intégrale, y dénonce les « maléfices » de M. André Gide, ses « dangereux sortilèges »,, son « anarchisme », sa « perversité consciente » et sa « froide corruption ». Il écrit : « Son classicisme même n'est qu'une feinte suprême pour masquer la révolte de son âme où les démons assemblés se disputent. » Il ajoute : « Il n'y a qu'un mot pour définir un tel homme, mot réservé et dont l'usage est rare, car la conscience dans le mal, la volonté de perdition ne sont pas si communes : c'est celui de démoniaque. Et il ne s'agit pas de ce satanisme verbal, littéraire, qui fut de mode il y a quelque trente ans, mais d'une âme affreusement lucide dont tout l'art s'applique à corrompre. »

5

Bref, c'est un procès de sorcellerie en règle que M. Henri Massis intente à M. André Gide. Ces jeunes catholiques d'aujourd'hui ont des âmes d'inquisiteurs. Le P. Garasse et Torquemada revivent en M. Henri Massis, qui ferait brûler sans hésitation les livres de M. André Gide et l'auteur lui-même, si M. Homais n'avait aboli ce mode de discussion, ainsi que l'a remarqué Renan. M. Henri Massis doit se borner à frapper M. André Gide d'anathème et d'excommunication majeure. Car tel est le malheur des temps. C'est bien à regret qu'il ne le coiffe pas du san-benito et ne l'envoie pas gigoter dans une chemise soufrée, suivant le mot charmant d'Édouard Drumont. Le zèle de M. Massis est digne des plus saines doctrines de l'Église et des meilleures traditions du moyen âge. Ce n'est pas sa faute si ces principes tutélaires sont mis en échec, malgré l'énergique protestation du *Syllabus*, par les damnables erreurs modernes. Que l'on défasse seulement l'œuvre de la Révolution française, comme M. Paul Bourget le réclame à grands cris, et M. André Gide expiera bientôt ses hérésies sur le bûcher, en compagnie de quelques confrères.

Tout cela est assez comique, parce que le péril n'est pas à nos portes. On peut encore en rire à l'aise. Cependant, ces fureurs justifient les écrivains qui, sans avoir jamais fait de politique et sans en avoir aucunement le goût, se défient de toute réaction, comme Flaubert, par simple attachement à la liberté de l'esprit. Ils n'apportent pas d'*a priori* en ces matières politico-sociales, qui en soi ne sont pas celles qui les passionnent le plus ; ils préfèrent la démocratie, tout bonnement parce que, de l'aveu même de ses adversaires, qui lui en font un grief, ce sont les institutions démocratiques qui garantissent le mieux cette indispensable et vitale liberté.

Mais M. Henri Massis ne se borne pas à fulminer. Il a voulu motiver son réquisitoire, et il a peut-être eu tort : car les motifs qu'il donne ne sont pas sérieux. Il reproche à M. André Gide d'avoir fait son domaine du spécial, de l'étrange, des « régions inexplorées, marécageuses, riches en danger neuf ». N'est-ce pas le cas de Stendhal, de Balzac, de Dostoïevsky, de tous les romanciers ? « Voyez, dit M. Massis, où va sa dilection. Dans les *Déracinés* de Barrès, seul le personnage de Racadot l'attire. » Ce n'est pas tout à fait exact ; il est vrai seulement que M. André Gide a écrit : « Si Racadot n'avait pas quitté la Lorraine, il n'eût jamais assassiné ; mais alors il ne m'intéresserait plus du tout... » M. Massis cite cette phrase, mais pourquoi supprime-t-il ce qui suit, et qui en éclaire le sens : « ... tandis que, grâce aux circonstances étranges qui l'acculent, c'est, lui, vous le savez, sur qui se concentre l'intérêt dramatique du livre. » Intérêt dramatique, monsieur Massis ! Racadot intéresse M. André Gide comme Macbeth, et au même titre. En voulant faire croire à vos lecteurs que M. Gide porte à Racadot une sympathie morale et approuve son crime, vous ne donnez peut-être pas un parfait exemple de bonne foi dans la controverse.

Même observation pour le Lafcadio des *Caves du Vatican* qui, pour rien, par dilettantisme, s'amuse à précipiter par la portière du wagon un voisin ridicule. A qui espérez-vous persuader que M. Gide propose cette fantaisie en modèle à la jeunesse ? C'est de l'humour genre Edgar Poe ou Villiers de l'Isle-Adam. Au fond, c'est une dérision de l'action et des gens qui la prêchent à tort et à travers. Cette idée pouvait traverser l'esprit de Lafcadio ; s'il avait été un contemplatif, il en eût souri, et s'il avait été homme de lettres, il en eût fait un conte. Il a cédé à l'impulsion, parce que c'est un de ces malheureux qui ne savent qu'agir. Telle est, je pense, la signification de cet épisode. Étant un philosophe de l'action, M. Henri Massis a pu se sentir atteint. Ce n'est pas une raison suffisante pour attribuer à M. André Gide une apologie de l'assassinat, même désintéressé et considéré, avec Thomas de Quincey, comme l'un des beaux-arts. M. Massis ressemble au Chincholle du *Jardin de Bérénice* et prend les choses trop à la lettre. L'ironie lui échappe. Il s'irrite et s'indigne, parce qu'il n'a pas compris.

On lira, on relira, avec plaisir, les deux volumes de morceaux choisis de M. André Gide qui viennent de paraître, et dont l'un est spécialement à l'usage de cette jeunesse qu'on l'accuse de vouloir corrompre. Plusieurs de ces morceaux n'avaient jamais été recueillis en volume, ou sont même complètement inédits. Je vous ai longuement parlé de M. André Gide et ne recommencerai pas cette fois l'éloge de ce talent délicat et subtil, l'un des plus séduisants de notre époque. Ce groupement de pages capitales me permettra d'insister sur les idées de M. André Gide, lesquelles ne sont assurément pas corruptrices, mais un peu fuyantes et contradictoires, il en faut convenir. Le don de lier les idées n'est pas la principale qualité de la plupart des écrivains d'aujourd'hui, même des plus brillants. Non moins que d'une crise du français (qui ne se manifeste pas chez M. Gide), nous souffrons d'une crise de la pensée. Alors ils ont imaginé de se faire un mérite de leur infirmité. Et l'on trouve aussi chez M. Gide des déclamations contre les « chaînes de la logique » ! On croirait entendre M. Suarès et sa « tyrannie rationnelle ». C'est comme si un marin dénonçait la tyrannie de la boussole, qui l'empêche d'aller librement à la dérive et de se perdre en toute indépendance sur les écueils.

Ailleurs, M. Gide condamne un autre despotisme : celui de la morale, dont les préceptes sont extérieurs à nous-mêmes, comme ceux de la raison. Il paraît que tout ordre est nécessairement arbitraire et factice, si nous ne l'avons pas inventé. Singulière plaisanterie ! De même Dostoïevsky disait : « Comment voulez-vous que la Russie s'intéresse à cette civilisation occidentale qu'elle n'a pas inventée ? » Si l'on ne peut plus s'intéresser qu'à ce qu'on invente, voilà le champ de l'intérêt extrêmement réduit, attendu que la plupart des gens n'inventent pas grand'chose et que les plus grands inventeurs eux-mêmes doivent tabler sur ce que d'autres ont découvert avant eux. On ne s'invente pas plus une sensibilité qu'une science ou une logique. M. André Gide raille les moralistes qui ont parlé de l'esclavage des passions, et leur impute de l'avoir remplacé par un autre. Mais ici intervient le *granum salis* que ne perçoit pas M. Henri Massis, puisque M. André Gide conclut à supprimer toute délibération préalable, comme asservissante encore, et à obéir passivement aux mouvements réflexes, ce qui n'est évidemment pas se libérer, mais se livrer au hasard. Cela a bien l'air d'une réfutation par l'absurde.

Toutefois, on ne sait jamais à quoi s'en tenir avec cet esprit ingénieux et fertile, mais fugace et incohérent, qui se contredit sans cesse, selon la coutume du jour. Il ne se lasse pas de prêcher la libération, l'autonomie, la personnalité différenciée, et ne valant que par là. Lorsqu'il se contente de répudier les familles, les foyers, tous les obstacles à l'affranchissement et aux expériences vagabondes, on peut observer qu'au fond il s'exprime à peu près comme l'Évangile et recommande quelque chose d'analogue à l'ascétisme chrétien : « Si tu voulais, si tu savais, Myrtil, en cet instant, sans plus de femme ni d'enfants, tu serais seul devant Dieu sur la terre... A travers indistinctement toute chose, j'ai éperdument adoré. » Et cela n'a jamais été bien inquiétant, parce que la contagion de ce renoncement n'est pas à craindre. Il aurait même un tour assez noble, presque héroïque, s'il visait quelque grand objet spirituel. Il faut bien dire que l'espèce d'esthétisme émotif recommandé par M. Gide est assez décevant.

« Nathanaël, jette mon livre... Ne crois pas que *ta* vérité puisse être trouvée par quelque autre... Cherche la tienne. Ce qu'un autre aurait aussi bien fait que toi, ne le fais pas... Ne t'attache qu'à ce que tu sens qui n'est nulle part ailleurs qu'en toi-même... » D'abord comment le saura-t-il, ce Nathanaël, s'il repousse la culture comme diminuant la vie, à l'imitation du héros de l'*Immoraliste* ? Et quelle équivoque ! « *Ta vérité...* » Il n'y a qu'une vérité, la même pour tout le monde. Cette vérité commune admet sans doute que chacun doit suivre sa vocation, et que les grands écrivains sont originaux. Mais ériger son *moi* en critérium de certitude et en centre du monde, en développer soigneusement les particularités, ou même les bizarreries, ce n'est certes pas la bonne voie même pour arriver au but qu'on se propose. En somme, M. André Gide, qui a tant combattu Maurice Barrès, s'accorde avec lui sur l'essentiel. Barrès a un peu élargi son égotisme pour le rendre national, mais c'est toujours un égotisme, comme le pur individualisme subjectif de ses débuts, auquel M. André Gide est resté fidèle. La vérité est avant tout objective et extérieure à nous, supérieure à nous, même si elle est immanente. Le premier principe de tout art et de toute science, c'est de chercher le beau et le vrai, pour eux-mêmes, par amour désintéressé, et non pas en les examinant comme un menu de table d'hôte afin d'adopter les plats à notre convenance ; et encore moins faut-il les écarter pour leur substituer on ne sait quelle chimère de notre cru. M. Gide, Barrès, Dostoïevski et toute cette école, c'est proprement le monde à l'envers.

Le plus curieux est que M. André Gide ne l'ignore pas, et qu'on trouve dans son œuvre les meilleures réfutations de ses sophismes favoris. Il aime à citer ce mot de l'Évangile : « Celui qui veut sauver sa vie la perdra, et celui qui consent à la perdre la sauvera... » Il l'applique spontanément à l'originalité littéraire, et montre fort bien que les maîtres classiques sont originaux sans s'y évertuer, en ne s'efforçant que d'être humains et d'être parfaits. Il se moque fort spirituellement des jeunes écrivains actuels qui ne lisent rien pour n'être pas influencés. Il redoute les « ratés de l'individualisme », et objecte à Stirner que les individualités puissantes se passeront bien de ses théories. Il blague la manie de la sincérité, érigée en dogme nécessaire et suffisant. Que nous importe que vous disiez sincèrement des niaiseries ? Il reproduit des textes jansénistes très importants et très beaux : « De quelque ordre ou de quelque pays que vous soyez, vous ne devez croire que ce qui est vrai, et ce que vous seriez disposé à croire si vous étiez d'un autre pays, d'un autre ordre ou d'une autre profession. » Et cette phrase où un funeste travers est sévèrement flétri : « Nous jugeons les choses, non par ce qu'elles sont en elles-mêmes, mais par ce qu'elles sont par rapport à notre égard : et la vérité et l'utilité ne sont pour nous qu'une même chose. » Admirable condamnation du pragmatisme, du nationalisme intellectuel, de tous les subjectivismes, qui ne sont pas nés d'hier. M. Gide ajoute : « Ce que le grand Arnauld constate en le déplorant, Barrès en fait la base de son éthique... » Et il observe que Barrès a peint comme kantien et allemand, ou protestant, ce qui est janséniste et profondément français... Mais lui-même, Gide, il n'en écrira pas moins : « Que m'importe que cette théorie soit vraie, si elle est laide et ruineuse, et nocive pour l'œuvre d'art ? » Il lâche Arnauld et retombe du côté de Barrès. Il est insaisissable.

Dans ses jugements littéraires, que d'injustices contre Voltaire, Corneille, Ronsard, Hugo, Théophile Gautier et tout le romantisme ! Il se félicite de goûter plus pleinement que nos aïeux la poésie de la Bible et des *Mille et une Nuits* ; il ne voit pas que c'est un des bénéfices de la critique romantique. Il aime Nietzsche : c'est très bien. Il célèbre l'ardeur, l'exaltation, la vie intense. Il appelle même les orages, — et ne se souvient pas que ce fut d'abord du Chateaubriand ! Évidemment, tout cela n'est pas dangereux, et nous n'en mourrons pas. Mais l'idéologie d'André Gide ne vaut certes pas son style. Ce n'est qu'un artiste, — l'un des premiers de ce temps.

VI

BÉRAUD CONTRE GIDE

Il n'est bruit, dans le monde littéraire, que de la grande offensive de M. Henri Béraud contre M. André Gide, et plus généralement contre le grouper de la *Nouvelle Revue française*, et plus radicalement encore contre une certaine sorte de littérature qu'il lui plaît de considérer comme pédantesque et ennuyeuse. M. Henri Béraud, prix Goncourt, auteur du *Martyre de l'obèse* et du *Vitriol de lune*, est un excellent romancier, un habile journaliste, un polémiste intrépide, assez violent à l'occasion, avec une bonne foi et une bonne humeur qui peuvent désarmer jusqu'à ses victimes. Mais les sympathies qu'on accorde justement au caractère et au talent de cet écrivain jovial n'empêchent point qu'en l'espèce il n'ait tout à fait tort. Quelle étrange idée d'aller s'en prendre à M. André Gide ? On s'explique à la rigueur, sans l'approuver le moins du monde, l'anathème de M. Henri Massis, pour qui Gide est un « démoniaque », simplement. M. Henri Massis appartient à ce petit monde de catholiques intégristes qui ont également excommunié Maurice Barrès ; il est bien possible que l'auteur des *Nourritures terrestres* soit démoniaque comme celui du *Jardin sur l'Oronte* est immoral. M. Henri Massis a peut-être raison à son point de vue ; mais ce n'est certes pas celui de M. Henri Béraud, qui n'a pas l'encolure de croire à ces diableries. Aussi ne prétend-il exorciser que d'autres spectres, et d'abord celui de l'ennui. « On peut tromper, écrit-il, quelques généreux adolescents sur la qualité d'un ouvrage de *grande littérature* ; on peut accréditer cette opinion que l'ennui est la marque du sérieux... La crainte de commettre une injustice peut nous faire accepter les inventions des claudéliens..., etc. » Le plaisant est que ces lignes aient paru dans le *Mercure de France*, dont les auteurs sont fort semblables en général à ceux de la *Nouvelle revue française* et parfois les mêmes : Gide et Claudel notamment ont des œuvres éditées dans l'une et l'autre maison.

Ainsi, d'après M. Henri Béraud, sont ennuyeux Claudel, Gide, Paul Valéry, Jean Giraudoux, Paul Morand, Jules Romains, etc... Et le snobisme seul leur a fait un faux semblant de réputation. Voilà qui est bientôt dit, et l'on n'y peut souscrire. Sans parler des plus jeunes parmi ceux que M. Béraud appelle les « jaunes et secs amis de M. Gide », lesquels ont encore à justifier pleinement les grandes espérances fondées sur leurs brillants débuts, on maintient que Gide, Claudel et Valéry sont des écrivains de la plus haute valeur, qui honorent grandement nos lettres contemporaines. L'argument de l'ennui, le seul qu'invoque M. Béraud, est purement fallacieux, parce qu'il est purement subjectif. Ce qui vous ennuie m'intéresse au plus haut point, et réciproquement. Faguet trouvait tout Flaubert ennuyeux, sauf *Madame Bovary* ; d'autres ne peuvent se lasser de la *Tentation de saint Antoine* et de *Bouvard et Pécuchet.* Brunetière déclarait la *Chartreuse de Parme* illisible : Taine la relisait tous les ans. Par contre, on consent en général que M. Pierre Benoit, sans grand mérite littéraire, soit du moins divertissant et récréatif ; mais nous connaissons un éminent philosophe qui, ayant essayé à plusieurs reprises de lire des romans de M. Pierre Benoît, n'a jamais pu aller jusqu'au bout. On entre encore plus en défiance contre le criterium de M. Henri Béraud, lorsqu'on lit sous sa plume des choses comme celles-ci : « Aux laborieuses plaisanteries de M. Romains, il faut préférer les moindres amusettes, pour cette cause qu'un écho passablement tourné éclipse tous les manuels de l'*Alma mater*, qu'un boute-en-train d'estaminet l'emporte sur le plus docte des pédants, et qu'une petite image de la vie vaut mieux que tous les reflets des bibliothèques. M. Jules Romains a trop fréquenté Molière pour douter de ces vérités. » Quel rapport entre un écho et un manuel ? Et qui sont ces doctes pédants sur qui l'emporte un boute-en-train d'estaminet ? Serait-ce Taine ou Leconte de Lisle, ou Mallarmé ? Brûlerons-nous les bibliothèques ? Quant à Molière, certes il observait directement la vie, mais il était fort docte aussi et s'aidait beaucoup de sa culture, jusqu'à faire nombre d'emprunts aux anciens et aux meilleurs modernes. Si c'est la cause de l'ignorance qu'entend plaider M. Béraud, l'exemple de Molière ne vaut rien.

Notons aussi qu'il accuse MM. Jean Giraudoux et Paul Morand, diplomates affectés à la propagande, d'abuser de leur situation pour favoriser exclusivement leur chapelle ou leur coterie aux frais de l'État. Mais on ne voit pas qu'il l'ait prouvé par des faits et des chiffres. Et ces écrivains honnis de M. Béraud, on a d'autant plus de raison de répandre leurs œuvres au dehors qu'ils sont de ceux qu'on y apprécie le plus, peut-être parce que les étrangers qui savent bien notre langue sont pour la plupart fort cultivés et de goût délicat.

VII

INCIDENCES

Les *Incidences*, de M. André Gide, c'est un volume d'essais, généralement assez courts, et sur les sujets les plus divers. On avait déjà de lui, dans ce genre, les *Prétextes* et les *Nouveaux prétextes*. Je confesse mon goût pour cette sorte d'ouvrages. Ils ont le charme de la variété ; ils nous font souvent mieux connaître l'auteur que des œuvres plus considérables en apparence, mais ramassées sur une matière unique et d'horizon plus restreint ; ils nous offrent de charmants voyages au pays des idées, qui est celui de la réalité vraie, ou qui la résume avantageusement par des raccourcis synthétiques. C'est là le divertissement supérieur de la libre intelligence, et le réalisme vulgaire ou la grosse machinerie du récit prennent par comparaison figure de corvées. Ce subtil intellectualisme discursif, qu'on admire chez Montaigne, chez Voltaire, chez Stendhal, dans la correspondance de Flaubert et toute une partie de Renan se retrouve partout chez M. André Gide, non seulement dans *André Walter* ou les *Nourritures terrestres*, mais dans des œuvres plus romancées ou dramatisées comme celles qu'il a réunies sous le titre de *Retour de l'enfant prodigue*. Cet *Enfant prodigue* et les morceaux qu'il y a joints forment, je crois, son plus beau livre. Avec un art plus poussé, et vraiment supérieur, ce sont bien encore au fond des essais idéologiques. C'est ce qui en fait la rare et précieuse valeur. C'est aussi ce qui explique quelques animosités littéraires contre M. André Gide. L'esprit des primaires [1] se révolte contre cette maîtrise intellectuelle et trouve ces hautes régions trop ardues. L'école de la Vie ne peut que le traiter en ennemi, malgré les concessions coupables où l'entraîne parfois son dandysme, mais qui chez lui demeurent généralement théoriques.

A propos de M. Paul Valéry, pour qui il a toute l'admiration qu'on attendait de lui, il cite dans le présent volume ce passage bien connu, mais toujours bon à rappeler, de Baudelaire : « Tous les grands poètes deviennent naturellement, finalement, cri-

1. Il va de soi que cette expression ne vise pas les maîtres de l'enseignement primaire, qui peuvent avoir l'esprit pénétrant et bien cultivé : car il faut être supérieur à sa tâche pour la bien faire.

tiques. Je plains les poètes que guide le seul instinct : je les crois incomplets. Dans la vie spirituelle des premiers, une crise se fait infailliblement, où ils veulent raisonner leur art, découvrir les lois obscures en vertu desquelles ils ont produit... » Et parmi les critiques spécialisés, les meilleurs sont de ces poètes morts jeunes, ou même restés inédits, dont a parlé Sainte-Beuve. Certains zélateurs de Baudelaire n'apprécient guère que ses défauts, et méconnaissent ce qu'il y a de plus solide dans son œuvre mêlée. Cette idole de nos agnostiques et obscurantistes ne signerait pas le revers du « je ne sais quoi », cher à M. l'abbé Bremond. Cet éminent académicien s'entendrait mieux avec les dadaïstes, qui se proposent, explique M. André Gide, de « disjoindre les mots les uns des autres », de les « dissocier de leur histoire, qui les appesantit d'un faix mort ». Pour les jeunes champions du mouvement dada, dont l'initiateur, M. Tristan Tzara, vient de donner aux « Soirées de Paris » de M. Étienne de Beaumont une bien curieuse tragédie en quinze actes, qui dure une demi-heure en tout, « chaque vocable-îlot doit, dans la page, présenter des contours abrupts. Il sera posé ici (où là tout aussi bien) comme un ton pur ; et non loin vibreront d'autres tons purs, mais d'une absence de rapports telle qu'elle n'autorise aucune association de pensées ». Ainsi le mot sera délivré de toute signification, et l'on obtiendra « l'inanité sonore, l'insignifiant absolu », qu'expriment si bien ces deux syllabes : Dada. On avouera que le dadaïsme réalise l'aboutissement logique des doctrines de M. l'abbé Bremond. A tant faire que de nier la raison, autant aller jusqu'au bout.

A l'autre extrémité, avec le même courage philosophique, M. Paul Valéry, également cité par M. André Gide, a dit : « Je n'admets rien que je ne comprenne... » Conscience et lucidité lui paraissent les vertus cardinales de l'artiste. C'était aussi l'avis de Flaubert, contre qui M. André Gide attribue à Valéry quelque humeur, à cause de ce mot : « J'appelle Beau ce qui m'exalte vaguement. » Mais un certain vague dans l'exaltation n'empêche pas qu'elle n'ait des causes très précises. L'émotion musicale n'est guère mesurable : l'écriture musicale obéit à des lois mathématiques. Et Flaubert était bien essentiellement intellectualiste — ce qui ne contredisait en aucune manière son romantisme également congénital.

Pourquoi M. André Gide est-il si injuste pour Flaubert ? « Je l'ai tant aimé ! avoue-t-il. Tout ce qu'on écrit contre lui me meurtrit... Sa *Correspondance* a, durant plus de cinq ans, à mon chevet, remplacé la Bible. C'était mon réservoir d'énergie. » Mais aujourd'hui, M. André Gide pense que « Flaubert, hélas ! n'est pas un grand écrivain ». Il ne voit plus chez lui que contention, gauchérie. « Chaque phrase ne sort d'embarras que par une extrême simplification de la syntaxe ; elle morcelle et juxtapose. Elle n'obtient non plus la fusion que l'analyse : les éléments en restent à l'état brut. » Les Goncourt accusaient au contraire leur grand ami d'avoir « une trop belle syntaxe ». Les censeurs de Flaubert devraient bien accorder leurs violons, ou leurs crécelles ! Que les amateurs de littérature facile lui reprochent d'être tendu, cela se conçoit : mais Gide, l'auteur de ce *Traité du Narcisse*, presque aussi hermétique que du Mallarmé ! Flaubert ne l'est certes pas dans sa *Correspondance*, toute familière et débridée. Je crois entrevoir ce que Gide ne goûte plus en lui. M. Jacques Rivière, dans une de ses remarquables *Etudes*, nous vante le détachement de Gide. Oh ! Flaubert n'est pas détaché. Ce prêtre de l'art, ce grand serviteur de l'esprit, prenait son idéal au sérieux. Je crois qu'il faisait bien, et le fameux détachement ne me semble pas avoir très bonne grâce sur ce point, lorsque après tout on s'est voué au même culte, comme c'est le cas de l'auteur d'*Incidences*, qui n'est pas non plus un « amateur ». J'aime la passion de Flaubert, ses enthousiasmes, ses saintes colères, la magnifique unité de sa vie. Gide abuse de l'ironie fugace, des sourires dédaigneux des promptes volte-face et de la comédie du discontinu... Il dit : « Une discussion sur Flaubert m'entraînerait : je la réserve. » On verra. Mais d'ores et déjà une observation s'impose. Il peut arriver qu'un maître autrefois vénéré entre tous nous devienne moins cher, et nous avons parfois de bonnes raisons d'évoluer. Peut-être Gide en a-t-il de valables, que nous sommes curieux de connaître, et l'on ne refuse pas *a priori* d'admettre que Flaubert puisse légitimement être moins près de son cœur. Mais parce qu'on se plaît un peu moins dans l'intimité d'un auteur, et parce qu'on a cessé de lui demander ses livres de chevet, faut-il le renier et abjurer l'ancienne admiration ? Celui qui a été longtemps pour Gide « un maître, un frère, un ami », et qui durant plus de cinq années a pour ce protestant remplacé la Bible, comment ne serait-il pas un grand écrivain ? C'est pour lui-même que Gide est trop injuste, en prétendant aujourd'hui qu'il aurait été ainsi envoûté par un médiocre et un balourd. Nous avons de lui trop bonne opinion pour l'en croire.

Il y a aujourd'hui un mouvement antiflaubertiste, qui s'explique par les mêmes motifs, politiques et religieux, que le mouvement hugophobe. Que les ennemis des doctrines d'Hugo et de Flaubert les combattent, c'est bien leur droit, mais ne pourraient-ils y mettre quelque impartialité ? Est-ce que nous ne rendons pas hommage à la belle langue et à l'éloquence de Bossuet, malgré l'extrême « faiblesse philosophique » et le « cartésianisme de carton » que nous apercevons chez lui, avec Renan et M. Pierre Lasserre ? On est un peu fâché de voir André Gide apporter sa pierre aux traditionalistes et néo-classiques qu'il déteste pour lapider ces maîtres du dix-neuvième siècle. Car il n'aime pas Hugo non plus. Il le trouve « si peu psychologue » ! Il y a peut-être plus de psychologie dans Hugo qu'il ne veut en voir ; mais, d'ailleurs, la psychologie n'est pas tout : l'esprit métaphysique et cosmique la dépasse. Dans des « considérations sur la mythologie grecque », Gide trouve étrange qu' « un grand poète tel que Hugo l'ait si peu comprise ; qu'il se soit plu comme tant d'autres à décontenancer de tout sens ces figures divines pour ne plus admirer que le triomphe sur elles de certaines forces élémentaires et de Pan sur les Olympiens ». Mais toute la philosophie grecque a de même subordonné le polythéisme à l'unité, théiste ou panthéiste, idéaliste ou matérialiste. Outre qu'il se dresse devant Zeus comme le Prométhée d'Eschyle, le *Satyre* de Victor Hugo s'accorde avec Anaxagore, Platon, Epicure et Lucrèce. Ce n'est pas tout à fait un monument d'incompréhension.

Dans ses *Jugements*, M. Henri Massis intente à

Gide un procès de sorcellerie et le dénonce comme démoniaque. Heureusement qu'Henri Massis n'est pas grand-inquisiteur, malgré sa vocation évidente, et qu'il n'y a plus de bûchers : sans quoi Gide eût sûrement revêtu la chemise soufrée et coiffé le sanbenito. Mais si je ne le crois pas possédé du démon, en dépit de sa prédilection pour la magie noire du manichéen et apocalyptique William Blake, je conviens qu'il me paraît quelquefois un peu méphistophélique. Je ne puis lui reconnaître, comme le fait M. Jacques Rivière, la vertu d'impartialité. Sa critique n'est pas objective, mais égotiste. Elle manque d'autorité et de valeur probante. Elle nous renseigne moins sur les écrivains dont il parle que sur lui-même. D'ailleurs, c'est beaucoup, et cela suffit à nous charmer, voire à nous instruire, dès qu'on a fait le point.

On retrouvera le même quant à soi dans son *Dostoïevski*. Mais c'est un gros morceau, à propos duquel il n'est pourtant pas défendu d'étudier le romancier russe avec moins de subjectivisme. C'est un sujet qu'il faudrait reprendre à loisir.

Au surplus je m'accorde souvent avec Gide, par exemple sur le traditionalisme et l'enracinement, qu'il réfute très bien à l'aide des sciences naturelles ; sur la maladresse qu'il y avait — sans parler de l'injustice — à rejeter faussement Gœthe et Kant,

Wagner et Nietzsche dans le camp pangermaniste ; sur le roman, qu'il ne surfait pas, et même, à peu de chose près, sur la liste des dix meilleurs romans français : la *Chartreuse de Parme*, les *Liaisons dangereuses*, la *Princesse de Clèves*, *Manon Lescaut*, *Dominique*, la *Cousine Bette*, *Madame Bovary*, *Germinal*, la *Marianne* de Marivaux ; au fait, cela n'en fait que neuf... Et Gide ne considère pas, apparemment, *Pantagruel* ni *Candide* comme des romans, en quoi il a raison, sans doute. Mais je ne puis lui concéder qu'un Balzac soit peu de chose en face d'un Dostoïevski, ni que le roman français soit si inférieur à l'anglais, au russe ou à l'espagnol, ni qu'il soit équitable de demander : « Qu'est-ce qu'un Lesage auprès d'un Fielding ou d'un Cervantès ? » Car on pourrait répondre : « Qu'est-ce qu'un Wilkie Collins ou un Conan Doyle auprès d'un Stendhal ? » Il ne faut comparer que les écrivains du même rang.

Enfin, j'ai tout spécialement apprécié, dans les *Incidences*, cette citation de la *Logique de Port-Royal* : « De quelque ordre et de quelque pays que vous soyez, vous ne devez croire que ce qui est vrai, et que ce que vous seriez disposé à croire si vous étiez d'un autre pays, d'un autre ordre, d'une autre profession. » C'est à Barrès que Gide objecte ce grand principe de toute vérité : oserai-je lui dire qu'il pourrait également en faire son profit ?

VIII

CARACTÈRES

Il y a bien des observations fines et des croquis spirituels dans le nouvel opuscule à tirage restreint que M. André Gide intitule *Caractères.* « Il est d'autant plus malaisé, pour un artiste, d'obtenir la faveur, ou même l'attention du public, que ses dons sont plus nombreux, plus divers... Tel ne paraît ici très riche que parce qu'il est très pauvre par ailleurs. Enfin, quand on n'a que peu de chose à dire, il n'est pas malaisé de le hurler. L'excès est souvent marque de disette et la véritable abondance entraîne une sorte de pondération. » Que cela est juste et bien dit ! Le dernier trait s'applique, du reste, à M. André Gide lui-même, si complexe et si nuancé ; peut-être n'y eût-il pas songé si ce n'était un peu son cas. Peu importe... « Il est bien rare que ce que l'on admire le plus communément dans les chefs-d'œuvre soit précisément ce qu'ils offrent de plus admirable. » C'est vrai, mais voici qui paraît plus douteux : « Les *Qu'il mourût* ! les *Il n'a pas d'enfants* ! les *Rodrigue, as-tu du cœur* ? sont comparables au gros orteil de la statue de saint Pierre, qui doit aux baisers des dévots sa luisance. » Le goût de Gide pour la nuance et la demi-teinte est choqué par ces effets voyants ; cependant Corneille et Shakespeare ont eu raison de ne pas se les interdire ; ils conviennent au drame, ils sont beaux en soi, c'est à la vérité du sentiment tragique qu'ils doivent leur éclat ; et ils ne sont nullement usés : ce qui établit au moins deux différences entre eux et l'orteil de saint Pierre. Mais je ne puis suivre Gide dans tous les détours de cette espèce de causerie à bâtons rompus. On m'excusera de m'arrêter à un paragraphe qui me vise personnellement, et que je n'ai pas lu sans surprise, je l'avoue :

— Comment S... est-il avec vous ? — Il a été successivement froid et bouillant, suivant qu'il m'a cru royaliste ou républicain. Depuis qu'il a compris que je n'étais ni l'un ni l'autre, il est devenu tiède. Il m'accorde une certaine valeur « en tant qu'artiste », mais « comme penseur » trouve que je ne vaux rien.

D'André Gide je n'attendais certes pas cette étrange agression, où pas un mot n'est exact. Je n'ai jamais été pour lui ni froid, ni tiède. On a pu encore en juger par mes réflexions sur la vente de sa bibliothèque. Bouillant ? Ce serait peut-être beaucoup dire, et il est vrai seulement que j'ai pu préférer certains de ses ouvrages à d'autres, mais je l'ai toujours étudié avec une sympathie attentive, et en somme, malgré certaines réserves, je l'ai toujours admiré. Les réserves étaient de trop ? En tout cas, elles n'étaient pas d'ordre politique. Je me souviens de lui avoir reproché son injuste mépris de Théophile Gautier, lequel était bonapartiste. Gide ne faisant pas de politique, je n'ai même pas eu à me demander s'il était royaliste ou républicain, ce qui n'aurait d'ailleurs rien changé à mes jugements sur ses écrits. Pour qui me prend-il ? S'il me considère comme un politicien qui loue ou condamne les œuvres littéraires selon les opinions de l'auteur, il se trompe très lourdement, et cela prouve qu'il ne me lit pas, ce que je lui permettrais au surplus, à condition qu'il ne parlât pas de moi. Je m'étonne qu'il entre ainsi dans une querelle que m'ont faite quelques adversaires, dont il se trouve que la devise est précisément : « Politique d'abord ! » Ce n'est pas la mienne, et ce n'est pas pour des raisons politiques que je n'apprécie pas beaucoup, par exemple, le style de M. Paul Bourget. Mais ses amis ont intérêt à essayer de le faire croire. Ce n'est pas moi qui proclamerais grand écrivain un simple auteur de faciles romans d'aventures, par discipline de parti ! Il y a des détracteurs à qui l'on ne répond pas. A un « bon » confrère qui s'était approprié ces malices cousues de fil blanc, j'ai une fois répondu en énumérant des noms d'écrivains et d'artistes notoirement attachés aux opinions de droite, dont j'avais fait l'éloge. Comme je n'ai pas de chance avec ceux de la *Nouvelle Revue française*, — et ce n'est certes pas non plus pour des raisons personnelles que je les ai défendus contre M. Henri Béraud, — le regretté Jacques Rivière, reproduisant ma réponse, avait refusé de me donner gain de cause, malgré l'évidence, et avait ajouté : « Oui, mais pourquoi M. Paul Souday a-t-il éreinté Bossuet ? » Je n'avais rien dit sur ce grand orateur que Renan et Sainte-Beuve n'eussent dit avant moi ; et M. Pierre Lasserre, pourtant monarchiste, en a dit après moi bien davantage !

Si je comprends en quel sens Gide peut déclarer qu'il n'est ni royaliste, ni républicain, j'ajoute que dans ce sens-là je ne suis non plus l'un ni l'autre. Royauté et République ne sont pas, selon moi, des idoles ni des vérités premières ; la politique est le domaine de la contingence. Tout y dépend des temps et des milieux. Tel régime vaut mieux pour tel peuple, à tel moment ; tel autre pour tel autre peuple, ou pour le même dans une autre période de son histoire. Mais je ne comprends pas comment Gide peut n'avoir aucune préférence pour ce qui concerne son pays, à l'époque contemporaine. En l'espèce, je préfère la République, parce qu'elle est le régime adapté à l'état de haute civilisation où la France me semble parvenue, et celui qui assure le mieux, ou le seul qui assure la liberté de penser. Mais la politique est le champ des praticiens, des hommes d'action, et me paraît, de ce chef, un peu subalterne. Les servants de l'intellectualité pure, dont je suis à mon modeste rang, n'y prêtent attention que dans la mesure où elle touche aux intérêts de l'esprit. D'ailleurs, leur unique passion les force bien d'être impartiaux. Il faudrait aimer assez peu la littérature pour juger les livres d'un point de vue qui ne serait pas exclusivement littéraire.

Gide se plaint enfin que je lui aie accordé une certaine valeur « en tant qu'artiste », non « comme penseur ». Ce n'est pas cela. Je ne méconnais pas la qualité de sa pensée : je l'ai seulement trouvée un peu trop subtile, fuyante et retorse en certaines occasions. Plus généralement, on peut discerner non seulement du talent, mais une réelle force de pensée, chez des auteurs que l'on n'approuve pas. Leibnitz est un grand philosophe même pour qui n'est pas leibnitzien. Les défenseurs de la Sorbonne, même plus résolus que moi — car la Sorbonne ne m'enchante pas entièrement — peuvent reconnaître que Péguy et M. Pierre Lasserre ont pensé fortement contre elle. Des ennemis de la Sorbonne, avec un minimum d'impartialité, verront que M. René Benjamin a pensé faiblement, quoique dans leur direction.

Comme je l'ai écrit à M. Jean Bernard, pour je ne sais plus quelle enquête, je ne prétends pas être infaillible, mais je prétends être impartial. Je n'y ai, au surplus, aucun mérite, et la partialité en ces matières me serait presque physiquement impossible.

IX

LES FAUX MONNAYEURS

Dans la dédicace à M. Roger Martin du Gard, auteur des *Thibault*, M. André Gide donne les *Faux monnayeurs* pour son premier roman. Dans le catalogue de ses œuvres, sur la page de garde, on voit en effet que l'*Immoraliste*, la *Porte étroite*, *Isabelle*, la *Symphonie pastorale* sont des « récits », et les *Caves du Vatican* une « sotie ». Qu'est-ce donc qu'un roman ?

Dans l'acception ordinaire, c'est justement un récit de deux ou trois cents pages au moins, qui peut être une « sotie » ou n'importe quoi, en outre, pourvu qu'il soit d'abord un récit. Mais le principal personnage des *Faux monnayeurs* est un romancier, Édouard, qui, dans des conversations ou des fragments de son journal intime, essaye de préciser la définition du genre. Il voudrait « dépouiller le roman de tous les éléments qui n'appartiennent pas spécifiquement au roman ». Point de « dialogues rapportés, dont le réaliste souvent se fait gloire », et qu'il faut laisser au phonographe, comme au cinéma « les événements extérieurs, les accidents, les traumatismes ». Ce n'est pas tout. « Même la description des personnages, ajoute-t-il, ne me paraît point appartenir proprement au genre. Oui vraiment, il ne me paraît pas que le roman *pur* (et en art, comme partout, la pureté seule m'importe) ait à s'en occuper... Le romancier, d'ordinaire, ne fait pas suffisamment crédit à l'imagination du lecteur. » Allons-nous avoir une question du roman pur, après celle de la poésie pure, qui n'a pas fini de faire gémir les presses ? On regrettera qu'Édouard, à qui la pureté seule importe, en mette si peu dans ses mœurs. Quant à celle du roman, elle ne nous paraît compromise ni par les dialogues, ni par les événements extérieurs, dont Édouard ne se passe pas (et comment ferait-il ?), ni même par la description des personnages, dont il se dispense, mais il a peut-être tort. Nous ne serions pas fâchés de voir leur figure, ou tout au moins de savoir comment il la voit, ce qui laisserait encore le champ libre à notre imagination. Il nous dit bien de quelques jeunes gens qu'ils sont beaux, et apparemment cela lui suffit. Pour nous, cela n'épuise pas la question, et nous souhaiterions aussi quelques détails sur les autres visages qui l'intéressent moins. Le roman qui n'a pas les ressources de la suggestion poétique, a besoin d'être un peu concret et circonstancié.

Il est vrai qu'on peut concevoir, et même réaliser le roman à l'état pur. Mais loin d'éliminer les événements, le dialogue et les aspects physiques, il ne se composera que de ces matériaux, mis en forme narrative. Il y a deux grandes catégories de romanciers : les romanciers-nés, dont la grande affaire est de raconter une histoire, laquelle peut être significative par surcroît, mais peut aussi ne vouloir rien dire, et n'amuser que par le jeu des péripéties ; puis ceux qui se proposent avant tout de dire quelque chose et se servent du récit comme d'un moyen d'expression. La première catégorie va du grand Balzac aux moindres feuilletonistes d'aventures, et ce sont ces derniers qui représentent pleinement le roman pur, ou pure narration. La seconde comprend toutes les variétés du roman philosophique, psychologique, lyrique ou esthétique : elle englobe Voltaire, Diderot, Stendhal, Flaubert, Goncourt, Anatole France et Gabriel d'Annunzio. Sauf quelques exceptions de romanciers-nés qui ont eu du génie, comme Balzac ou Tolstoï, et qui ont altéré nécessairement la pureté du genre, ce sont les autres qui lui ont donné une valeur littéraire. Et le roman pur existe, on peut même dire qu'il pullule, mais ce n'est rien du tout.

En fait, le « premier roman » de M. André Gide

se distingue de ses « soties » par un certain réalisme, par un souci de vérité directe, qui exclut les inventions fantaisistes, et de ce qu'il appelle ses « récits » par le grand nombre des personnages et la complexité de l'action, ou plutôt des actions qui se mêlent et finiraient par s'embrouiller, si divers épisodes ne tournaient court. Comme Édouard parlait de son projet de roman, « Laura lui demanda (question évidemment maladroite) à quoi ce livre ressemblerait. — A rien, s'était-il écrié ; puis aussitôt, et comme s'il n'avait attendu que cette provocation : — Pourquoi refaire ce que d'autres que moi ont déjà fait, ou ce que j'ai déjà fait moi-même, ou ce que d'autres que moi pourraient faire ? » Cet Édouard apparaît décidément comme le bel esprit le plus chimérique et le plus dévoyé de la république des lettres. Les chefs-d'œuvre les plus originaux ressemblent toujours à d'autres œuvres antérieures ou contemporaines. Un drame de Shakespeare, une tragédie de Corneille ou de Racine, ressemble à tout ce qui se faisait à l'époque, et le Panthéon à tous les temples grecs. L'ouvrage qui ne ressemblerait à rien serait un monstre (et encore le monstre n'est-il qu'un assemblage hétéroclite d'éléments connus).

Les *Faux monnayeurs* ne sont pas un roman banal, mais ils ressemblent un peu à l'*Education sentimentale*, un peu aux *Affinités électives* et surtout à

Wilhelm Meister, par les intermèdes de discussions d'art ou d'idées, un peu enfin à Proust, non par la manière, aussi sobre, linéaire et classique que celle de Proust est impressionniste, éclatante et surchargée, mais par les fâcheuses analogies de divers héros de M. André Gide avec M. de Charlus et ses amis. Oh ! Il n'y a point ici de crudité dans les termes. Tout cela est discret, enveloppé, et un lecteur très innocent pourrait à la rigueur ne pas comprendre de quoi il s'agit. Cependant ce n'est que trop clair. Vraiment, cela devient insupportable, surtout avec ce sérieux et cette fade sentimentalité. De ce biais, c'est ridicule. Qu'on ne parle pas des Anciens ! Les mœurs ont changé. Le progrès se fait par la différenciation, comme l'a dit Spencer. D'ailleurs, Aristophane et les autres comiques ou satiriques ne se privaient point de railler, ni nos pères non plus, avec leur verdeur gauloise. Et puis en voilà assez, et la mesure est comble.

On ne peut insister sur les faits et gestes de l'oncle Édouard et de son neveu Olivier Molinier, qui nous sont présentés comme éminemment sympathiques, ni sur ceux du comte Robert de Passavant, autre homme de lettres et de même farine, moralement très inférieur, nous assure-t-on. Il y a aussi toute une bande de collégiens qui échappent tout juste à une descente de police, et qui, en outre, écoulent de la fausse monnaie, sans compter que les pires de ces garnements amènent traitreusement un de leurs petits camarades à se tuer en pleine classe; M. André Gide ne voit pas toujours les adolescents en rose ! Retenons ce qu'on peut analyser en langage à peu près honnête.

Bernard Profitendieu, à la veille de son baccalauréat, quitte la maison paternelle, parce qu'il a découvert, en volant dans un tiroir des lettres adressées à sa mère, qu'il n'est pas vraiment le fils de M. Profitendieu, juge d'instruction. Il pourrait du moins s'abstenir d'injures dans la lettre où il prend congé. N'ayant pas le sou, Bernard vole la valise de l'oncle Édouard, qui contient de l'argent et le fameux journal intime, qu'il s'empresse de lire. Édouard s'en aperçoit, trouve cela charmant, et engage aussitôt son voleur comme secrétaire. Cet Édouard n'est pas immoraliste à demi. Il avait déjà pincé son neveu Georges en flagrant délit de vol à l'étalage et n'avait fait qu'en sourire avec bienveillance. Il emmène en Suisse son nouveau secrétaire et une certaine Laura, femme d'un professeur nommé Douviers, qu'elle a trompé avec Vincent Molinier, autre neveu du même Édouard. Avec ses antécédents, Bernard ne pouvait que bien tourner, d'après l'éthique de M. André Gide, qui ne compte que sur l'esprit d'initiative et d'entreprise. La famille, cellule sociale, a dit M. Paul Bourget. Régime cellulaire, répond M. André Gide. Mieux vaut s'évader avec effraction et voler des valises. Bernard échappe à l'influence d'Édouard (c'est donc un bien ?), s'éprend de Laura (d'une façon platonique, il est vrai), mais ensuite, et sans platonisme, d'une jeune fille nommée Sarah Vedel, passe brillamment son bachot, lutte victorieusement avec l'ange, c'est-à-dire qu'il se dérobe à la discipline traditionnaliste ; il entre comme rédacteur dans un journal et semble destiné à un brillant avenir. Pourvu que d'autres valises ne le tentent pas !

Pendant ce temps, Vincent Molinier, jeune biologiste, quitte Paris avec l'Américaine toquée Lilian Griffith, explore la faune sous-marine dans une croisière, prend Lilian en haine, la noie dans un fleuve d'Afrique et s'enfonce dans le désert, comme Rimbaud. Et il y a aussi la pension Azaïs-Vedel, protestante et puritaine, dont le rigorisme n'amène que des calamités. Une des filles, la vertueuse Rachel, est une victime. Laura, sa sœur, a débuté dans le mariage en donnant à son mari un enfant dont il n'est pas le père. Elle avait même été assez folle pour aimer Édouard : c'était proprement tomber sur un bec de gaz. Impossible d'avoir moins de chances de succès. Armand Vedel, autre produit de l'éducation moralisante, devient un cynique, un raté et un malade, qui aide aux désordres de ses sœurs, mais leur inflige des épithètes infamantes. Il y a le vieux musicien La Pérouse, qui croit à un Dieu cruel et en donne comme preuve que ce Dieu a exigé le sacrifice de son fils unique sur la croix, comme s'il n'avait pu faire grâce aux hommes sans cela. Le fait est que des trois grands mystères, celui de la rédemption semble le plus mystérieux, mais la question valait mieux que cette boutade, d'ailleurs exceptionnelle dans les longs propos de ce vieillard à moitié gâteux et plus ennuyeux encore. Il y a enfin des réunions de cénacles, le tableau amusant d'un banquet d'esthètes, où Alfred Jarry en personne se livre à quelques facéties...

Dans les intermèdes idéologiques apparaît une fois ou deux un certain Paul-Ambroise, qui n'est autre que Valéry. M. André Gide l'admire. Je ne suis pas sûr qu'il le comprenne bien. « Paul-Ambroise a coutume de dire qu'il ne consent à tenir compte de rien qui ne se puisse chiffrer ; ce en quoi j'estime qu'il joue sur le mot *tenir compte* : car à ce compte-là, comme on dit, on est forcé d'omettre Dieu. C'est bien là où il tend et ce qu'il désire... Tenez, je crois que j'appelle lyrisme l'état de l'homme qui se laisse vaincre par Dieu... » C'est où l'on voit les affinités de M. André Gide et de M. l'abbé Bremond. M. André Gide, jadis presque intellectualiste, verse décidément dans le mysticisme. Ce n'est certes pas sainte Thérèse d'Avila ni Mme Guyon qui l'y ont mené. Ce serait plutôt Dostoïevsky. Peu importe. Mais pourquoi prétend-il voir plus de lyrisme, plus de « divin », dans l'inconsistante et incontrôlable inspiration mystique que dans la conception mathématique et cartésienne du monde ? Pourquoi Dieu serait-il vague ?

Dans un autre passage, à propos des vers célèbres de La Fontaine,

> Papillon du Parnasse, et semblable aux abeilles
> A qui le bon Platon compare nos merveilles,
> Je suis chose légère et vole à tout sujet,
> Je vais de fleur en fleur et d'objet en objet,

Olivier expose des idées qu'il tenait de Passavant, qui les avait lui-même entendu développer par Paul-Ambroise. A l'artiste qui se joue à la surface, il oppose le savant qui creuse, et cette opposition ne serait certes pas conforme à la pensée de Valéry, ni même à celle de La Fontaine, car enfin si l'abeille va de fleur en fleur, c'est pour en tirer le suc et l'essence. Mais Paul-Ambroise, par ces truchements, ajoutait « que la vérité, c'est l'apparence, que le mystère, c'est la forme, et que ce que l'homme a de plus profond, c'est sa peau ». Sous l'air de plaisanterie et de défi, quelle juste et lucide dérision des mystagogies à la mode, de l'inconscient et de ses profondeurs ? Bernard Profitendieu, qui semble ici le porte-parole de M. André Gide, déclare qu'avec ces théories on empoisonne la France ! On l'empoisonnerait plutôt avec les théories antagonistes ; on a vu quels crabes et poulpes difformes M. Gide ramène de ses explorations dans la mystique et l'inconscient. Le plus fort est que Bernard ne distingue dans le point de vue valéryste qu'insouciance, blague, ironie, et qu'il réclame en faveur de l'esprit d'examen, de logique, d'amour et de pénétration patiente ! Ce jeune homme n'y comprend exactement rien, et avec sa permission, c'est précisément le contraire. Est-ce que l'abus du dostoïevskysme ne laisserait plus à Gide la faculté de suivre un raisonnement ?

Il prête pourtant à son Édouard un mot admirable : « Il est bon de suivre sa pente, pourvu que ce soit en montant. » Bien entendu, ce roman touffu et souvent désagréable abonde cependant en morceaux de premier ordre. M. André Gide, malgré quelques erreurs et même quelques négligences, reste un des premiers écrivains de ce temps. Quoi qu'on en ait, on lit les cinq cents pages bien tassées de ces *Faux monnayeurs* sinon toujours avec plaisir, du moins avec un intérêt soutenu et même une espèce d'avidité. Est-ce un bon roman ? « Un bon roman s'écrit plus naïvement que cela », dit Bernard. Gide a prévu l'objection : elle subsiste néanmoins. Et, en définitive, quel est le sujet ? Édouard nous l'explique à deux ou trois reprises. Il n'y a pas de sujet. Ou, s'il y en a un, c'est « la lutte entre les faits proposés par la réalité, et la réalité idéale », ou entre la matière brute et l'effort du romancier pour la « styliser », ou encore « entre ce que la réalité lui offre et ce que, lui, prétend en faire » ; ou enfin, le « sujet profond », c'est « la rivalité du monde réel et de la représentation que nous nous en faisons ». Car « la manière dont le monde des apparences s'impose à nous et dont nous tentons d'imposer au monde extérieur notre interprétation particulière fait le drame de notre vie ». C'est possible. Avouons que cela ne ressort pas très nettement des *Faux monnayeurs*. Et surtout n'allons pas croire que de tels problèmes relèvent du « roman pur ».

X

LE PROMÉTHÉE MAL ENCHAINÉ
AMYNTAS

Le *Prométhée mal enchaîné* et *Amyntas* n'avaient d'abord paru qu'à tirage restreint, l'un en 1889, l'autre en 1906. Le premier de ces ouvrages est un conte philosophique curieux, un peu bizarre même, sur des thèmes chers à M. André Gide. *Amyntas* est un recueil de notes de voyage en Afrique, dont beaucoup sont ravissantes ou singulièrement suggestives. « Quel Arabe que leur saint Thomas ! » dit M. Suarès dans *Saint Juin*. M. André Gide avait observé chez les Arabes lettrés d'aujourd'hui l'esprit du moyen âge.

XI

SI LE GRAIN NE MEURT

« Je forme une entreprise qui n'eut jamais d'exemple, et qui n'aura point d'imitateur. Je veux montrer à mes semblables un homme dans toute la vérité de la nature, et cet homme, ce sera moi. » Vous avez reconnu le célèbre début des *Confessions*. Jean-Jacques s'est trompé : il a un imitateur en M. André Gide, qui entreprend de raconter sa vie avec une franchise et un cynisme plus intrépides encore. Pour la gravelure tout au moins, Jean-Jacques a trouvé son maître. Après un scabreux souvenir d'enfance qui s'étale dès le seuil du premier volume, comme une crotte sur un paillasson, M. André Gide écrit à son tour : « Je sais de reste le tort que je me fais en racontant ceci et ce qui va suivre ; je pressens le parti qu'on en peut tirer contre moi. Mais mon récit n'a raison d'être, que véridique. » Et plus loin : « Ce n'est pas un roman que j'écris et j'ai résolu de ne me pas flatter dans ces mémoires, non plus en surajoutant du plaisant qu'en dissimulant le pénible. » On lui accordera que le pénible y abonde plus que le plaisant. On regrettera que son souci d'être véridique ne lui ait pas permis de renverser la proportion. Nous n'avons, quant aux faits, aucun moyen ni aucune envie de contrôler ses dires, et nous ne pouvons que le croire sur parole. Sur le principe, on lui répondra qu'assurément un écrivain a le droit et quelquefois le devoir de ne pas écrire pour les jeunes filles, et qu'on n'oppose aucune convention de pudeur ou de bienséance à la révélation d'une vérité même scandaleuse, mais qui en vaudrait la peine et nous apprendrait réellement quelque chose de nouveau sur la psychologie ou la pathologie humaines. Un clinicien doit sonder toutes les plaies et dévoiler sans réticence toutes les tares. Celles que nous exhibe M. André Gide sont choquantes sans doute, mais encore plus médiocres et dépourvues d'intérêt. Elles ne lui fournissent ni une belle page, ni un renseignement inédit. Alors, à quoi bon ? L'on se doute bien de ce qu'en penseront les moralistes. Au point de vue qui est avant tout le mien dans cette rubrique, j'ajoute que, littérairement, c'est une erreur. En certains chapitres, ce subtil esthète tombe au niveau de la *Garçonne* !

Heureusement, ces fâcheux détails tiennent fort peu de place dans les deux premiers volumes. Mais si le talent de M. André Gide prête à l'ouvrage un certain attrait, il faut avouer que ces histoires de famille et de collège n'ont pas grande portée en soi et paraissent un peu longues. Il ne fallait à Jean-Jacques que cent cinquante pages pour nous mener à son installation définitive chez Mme de Warens et à sa vingtième année, bien que les dix-neuf précédentes fussent très chargées d'événements. Bien qu'il ne se soit rien passé dans la vie de M. André Gide, il lui faut environ deux volumes pour arriver au même âge et au baccalauréat. Point de Mme de Warens, ni rien d'analogue, bien entendu : ce n'est pas son genre. Il nous instruit copieusement des qualités, professions et opinions de ses parents et grands-parents. Son père, professeur à la Faculté de droit de Paris, était fils d'un vieux et austère huguenot, en son vivant président du tribunal d'Uzès. M. Charles Gide, l'économiste, est son oncle, et il en parle avec les licences d'un coquin de neveu. Son bisaïeul maternel, Rondeaux de Montbray, maire de Rouen vers l'époque de la Révolution, avait épousé une protestante ; son grand-père maternel aussi ; le mariage de son père et de sa mère fut fait par le pasteur Roberty de Rouen, dont le fils, récemment décédé, était à l'Oratoire du Louvre.

M. André Gide s'étend à perte de vue sur ces dignes bourgeois de Normandie et du Languedoc, chez qui il passait alternativement ses vacances. Il ne nous fait grâce ni d'un oncle, ni d'une cousine. Il y en a même une — une Rouennaise — dont il devient inopinément amoureux, d'ailleurs avec un certain calme, et qu'il voudrait épouser. « Rien de plus différent, dit-il, que ces deux familles ; rien de plus différent que ces deux provinces de France, qui conjuguent en moi leurs contradictoires influences. Souvent je me suis persuadé que j'avais été contraint à l'œuvre d'art, parce que je ne pouvais réaliser que par elle l'accord de ces éléments trop divers... » Les hommes d'action sont, d'après lui, ceux que « pousse en un seul sens l'élan de leur hérédité », autrement dit ceux dont tous les ascendants appartiennent à la même province. C'est parmi les produits de croisement que se recrutent « les arbitres et les artistes ». Je ne sais si vraiment M. André Gide a concilié les influences de sa double lignée, ni si elles sont contradictoires. Il s'explique de certaines choses avec une audace dont on se fût bien passé et qui n'a certes rien du caractère évasif qu'on attribue aux Normands, d'ailleurs bien à tort : le manque de netteté n'apparaît guère chez Corneille, Flaubert ou Maupassant. M. André Gide est réellement fuyant et vague par nature, sauf sur un point. Mais peut-être aucune province n'est-elle responsable des complications de son protéique esprit. Ici, lui qui autrefois combattait Barrès, il fait du double barrésisme un peu gratuitement.

Je passe sur les écoles, collèges, lycées et pensionnats qu'il hanta successivement, par suite de divers incidents ou de sa mauvaise santé ; de même sur des anecdotes comme celle des mauvaises mœurs de la cuisinière et de la femme de chambre. Il s'accuse d'un « goût honteux pour l'indécence, la bêtise et la vulgarité ». On n'en avait pas vu de traces dans son œuvre, jusqu'à ces derniers temps. Au lycée de Montpellier, qu'il fréquenta quelques mois, ses camarades étaient divisés en catholiques et protestants et se préoccupaient déjà de cette division (beaucoup plus que les plus intelligents d'entre eux ne feront probablement par la suite). Cette parenthèse n'est pas de M. André Gide, qui énonce cette remarque : « Il n'y avait là que ce besoin inné du Français de prendre parti, d'être d'un parti, qui se retrouve à tous les âges et du haut en bas de la société française. »

Il généralise trop, et il fait un calembour. Les libéraux, encore nombreux, n'ont pas l'esprit partisan poussé à l'excès. Mais on peut n'être d'un parti qu'avec libéralisme, ou même n'être d'aucun parti, et savoir prendre parti sur les questions d'importance : c'est alors une obligation intellectuelle et morale, bien que M. André Gide quant à lui se targue de s'y soustraire et préfère habituellement louvoyer. Il dira, par exemple, avec complaisance que toute affirmation, même portée par lui, éveille immédiatement en lui la proposition qui la nie. Il n'y a pas de quoi tant se vanter. Ou, du moins, une distinction s'impose. L'esprit critique doit en effet multiplier les points de vue et peser le pour et le contre, mais, au moins sur les problèmes du domaine positif, il sait conclure, s'il n'en est empêché par quelque faiblesse de caractère, tiédeur ou peur des responsabilités. On a souvent constaté chez M. André Gide ce désir de ménagements et cette crainte de se compromettre : à la vérité, il se rattrape aujourd'hui sur le point auquel je viens de faire allusion et qui n'est peut-être pas très bien choisi. A l'appui de ses flottements, si l'on peut ainsi s'exprimer, il cite en épigraphe ce texte de Fénelon : « Je ne puis expliquer mon fond. Il m'échappe, il me paraît changer à toute heure. Je ne saurais guère rien dire qui ne me paraisse faux un moment après. » C'est peut-être qu'il avait parlé à la légère. Fénelon n'est pas un modèle de droiture ni de solidité, et l'on comprend les colères qu'il excita chez l'honnête Bossuet.

M. André Gide nous entretient de ses divers professeurs de piano, de son goût pour la musique pure de son horreur de la musique dramatique, qui n'admet pas d'exception même pour Wagner (il ne mentionne pas Mozart). Sa critique de l'esthétique wagnérienne reste bien sommaire. Il reviendra là-dessus dans le *Journal des Faux monnayeurs*, et s'y déclarera pour le théâtre pur, le roman pur, et la pureté en tout. Mais le théâtre pur, c'est Scribe ; le roman pur, c'est Dumas père ou Pierre Benoit ; M. l'abbé Bremond a fini par conclure que la poésie pure n'existait pas et qu'elle était impossible. On regrette que l'idée de la pureté en tout n'ait pas fait effacer à M. André Gide quelques épisodes du présent ouvrage, — et aussi qu'elle ne le rende pas plus scrupuleux en grammaire : lui, si remarquable écrivain, voici qu'il n'écrit plus toujours purement et qu'il laisse échapper d'étranges négligences : « nous *avons* convenu de..., la rose *a fané*..., *vêtissant*... », etc..., sans compter les manquements aux règles du participe ou de l'accent circonflexe. Il parle des cheveux crépus d'une *créole*, qu'il confond apparemment avec une mulâtresse ou une quarteronne, etc...

La partie la plus intéressante, mais malheureusement la plus courte, est celle qui retrace ses souvenirs de la vie littéraire, où il fit tout jeune un éclatant début avec ses *Cahiers d'André Walter*. Déjà il avait connu Pierre Louÿs à l'École alsacienne. Ils firent leur rhétorique ensemble. Pierre Louÿs était toujours premier en composition française, avant la rentrée d'André Gide, éloigné par des troubles nerveux et le vagabondage scolaire qui s'en était suivi. Coup de théâtre et stupeur générale dans la classe c'est Gide qui est premier, et Louÿs seulement second. On ne soutiendra plus que les bons élèves ne réussissent jamais dans la vie, ni que tous les écrivains célèbres ont été des cancres. Gide craignit que Louÿs ne fût vexé. Celui-ci n'eut garde et prit très philosophiquement sa disgrâce relative. Liés par leur commune et précoce passion de la littérature, ils devinrent des amis. Gide accuse Louÿs d'humeur contrariante et querelleuse. (Je l'ai connu plus tard et beaucoup moins : il m'avait paru très doux, mais peut-être ne se déboutonnait-il qu'entre intimes.) Gide reproche aussi à Louÿs d'avoir été trop exclusivement artiste, trop épris de la forme. J'avoue que c'est pour moi une qualité, justement celle qui fait la valeur des meilleurs ouvrages de Louÿs et qui justifie son influence, très réelle sur d'autres carrières au moins aussi brillantes que celle de Gide. N'est-ce pas Louÿs, également ami de jeunesse de Paul Valéry, qu'il avait rencontré à Montpellier dans un congrès d'étudiants, qui le décida à sortir de sa longue retraite et à écrire la *Jeune Parque* ?

Sur Heredia, Mallarmé, Robert de Bonnières, Henri de Régnier, Vielé-Griffin, Bernard Lazare, Ferdinand Hérold, Albert Mockel, Adolphe Retté, M. André Gide écrit des choses fort piquantes, quoique souvent bien injustes. La fameuse rosserie confraternelle est tout à fait dans ses cordes, et il n'en fait guère sonner d'autre, mais c'est assez agréable pour ceux qui aiment cette note-là. Si on laisse de côté les traits de satire personnelle, il reste qu'après avoir paru adopter ou au moins côtoyer le symbolisme, et il n'en disconvient pas, M. André Gide l'a lâché pour deux raisons principales. Il blâme sa culture savante, ses abstractions de quintessence, son pessimisme, sa conception de la poésie-refuge, bref son dédain de la vie, coloré par la lutte contre le réalisme. M. André Gide s'est rallié à l'école de la Vie, et ne vise plus qu'à être un romancier. Sans doute, les symbolistes étaient surtout des poètes, mais les romanciers pouvaient beaucoup apprendre à leur école, ainsi qu'on l'a vu par l'évolution de Joris-Karl Huysmans, et *A rebours* l'emporte assurément sur *A vau-l'eau*. Les plus beaux ouvrages de M. André Gide lui-même sont des contes philosophiques ou symboliques ou des poèmes en prose : voir surtout ceux qu'il a réunis dans le volume du *Retour de l'Enfant prodigue*. Le roman-roman ne m'apparaît pas comme sa vraie vocation.

Son second grief contre le symbolisme serait terrible, s'il était fondé. Chez ces idéalistes et ces contemplatifs — attachés à la plus haute ou même à la seule réalité, les idées — M. André Gide prétend n'avoir rencontré aucune pensée véritable ni même aucune compétence philosophique. Cependant il leur reproche d'avoir généralement préféré Hegel à Schopenhauer, et c'était fort bien juger la valeur respective de ces deux philosophes, bien que M. André Gide préfère l'auteur du *Monde comme volonté et comme représentation*, peut-être tout simplement parce qu'il est plus facile à lire. Tout devient clair, non pas dans Hegel, mais dans l'aigreur de M. André Gide contre les symbolistes, lorsqu'on a vu, dans son second volume, qu'il proclame la prétendue supériorité et précellence de la prose sur la poésie. Il n'est probablement pas le seul de cet avis, mais un homme de lettres n'ose guère l'avouer. Il y a eu jadis, comme exception, Fontenelle et La Motte-Houdard, puis de nos jours M. Abel Hermant et Alain, que j'ai vivement combattus : ce qui n'a pas empêché M. Bremond de me comparer à Fontenelle. Je ne rouvrirai pas ce débat et me contente de noter ce trait qui explique la volte-face de M. André Gide et sa nouvelle acrimonie contre les maîtres et les amis de sa jeunesse. Il reconnaît qu'à cette époque il adorait la poésie. Il ajoute qu'il la confondait avec l'art. Eh ! elle est un art, en effet, et même le premier de tous. M. André Gide veut parler sans doute du sentiment poétique, lequel se distingue de l'art, on en convient, mais n'est rien sans lui.

Malgré tout, comme on souhaiterait que M. André Gide se fût davantage étendu sur ces sujets passionnants, et n'eût point remis à un prochain volume ses souvenirs sur Jacques-Emile Blanche, Maeterlinck, Barrès et Marcel Schwob, au lieu de nous raconter ces fâcheux voyages d'Afrique et ces « garçonneries » ou « corydonneries » arabes, qu'on ne lui demandait certes pas ! D'ailleurs, cela reste presque insignifiant. quoique répugnant, et sans comparaison possible avec les aventures des Charlus et consorts de Marcel Proust, qui ont au moins quelque pittoresque. On ne s'enquiert nullement de la vie privée de M. André Gide, et on le laisse bien tranquille. Quel besoin a-t-il d'en étaler les moins défendables fantaisies ? L'admirable est qu'il affirme sa répulsion pour l'anormal et le morbide. Il se flatte d'avoir trouvé sa normale, à lui. Ce n'est pas celle de tout le monde. Il expose, en outre, qu'il a dissocié l'amour et le plaisir, dont l'union lui semble une erreur, et peu s'en faut qu'il ne dise une aberration romantique. Elle avait du bon, à en juger par la rectification qu'il y apporte pour son compte. Le curieux est que son éducation chrétienne et puritaine se retrouve indirectement dans ce mépris de la chair, dont il use et mésuse comme d'une chose vile. C'est une théorie très répandue chez les mystiques, dont beaucoup l'ont pratiquée sans plus de vergogne. N'insistons pas !

En Algérie, M. André Gide avait rencontré par hasard Oscar Wilde et lord Alfred Douglas, compagnons tout indiqués. Je constate seulement que dans la querelle entre Wilde et Douglas, qui a suivi le procès, M. André Gide témoigne en faveur de Wilde. M. Henry Davray donne précisément une nouvelle édition de sa traduction du *De profundis*, augmentée de tout le réquisitoire contre Alfred Douglas, qui ne figurait pas dans la première édition. Ce serait ce jeune lord impérieux et impulsif qui aurait ruiné Wilde, en se faisant entretenir par lui, et qui l'aurait poussé à sa perte. C'est dommage, car il avait bien de l'esprit et bien du talent, ce Wilde, comme le rappellent l'amusant recueil de ses mots publié par M. Léon Treich, et le volume assez juste et impartial, quoique un peu superficiel, que lui consacre un professeur de Genève, M. L.-F. Choisy.

M. André Gide vient de faire éditer aussi le *Journal des Faux monnayeurs*, c'est-à-dire des notes sur la composition de ce roman, lesquelles démontrent, comme le roman lui-même, que l'auteur n'est pas vraiment un romancier. Il a d'autres mérites, que je me permets de trouver plus précieux. Quelle peine il s'est donnée pour mettre sur pied ce récit finalement à demi raté ! Il y a, d'ailleurs, une foule d'observations tout à fait ingénieuses dans le présent *Journal*. Je n'en retiens que ce qui concerne le diable, dont M. Massis accuse M. Gide d'être un suppôt. M. Gide en a paru flatté. Lui aussi, il croit un peu au diable. Il remarque finement que si le diable existe, son intérêt est qu'on ne croie pas à son existence, pour pécher sans inquiétude. La négation du diable, suggérée par lui-même, constituerait le plus diabolique de ses pièges... Ce serait du moins plus habile que d'apparaître sous les traits d'un insupportable maquignon, comme dans le roman de M. Bernanos...

XII

NUMQUID ET TU?...

M. André Gide introduit dans la librairie des mœurs étranges. Publie-t-il ou ne publie-t-il pas ? Il a inventé la publicité clandestine, si ces mots ne jurent pas d'être accouplés. Et il varie d'un ouvrage à l'autre. Il a publié franchement les *Faux monnayeurs*, en se conformant à tous les usages de la profession. Il n'a fait que des tirages limités de *Corydon* et de *Si le grain ne meurt*, sans service de presse. Pour ce dernier ouvrage, il a même sévèrement interdit à son éditeur d'en faire aucun. Mais comme cinq ou six mille exemplaires ont été mis en vente, on avait licence de se le procurer et d'en parler. Tout ouvrage de l'esprit livré au public relève de la critique, en vertu des lois sur la liberté de la presse. Si vous voulez y échapper, faites jouer votre pièce devant vos invités personnels et imprimer votre volume hors commerce. Dès que les guichets sont ouverts pour l'une et que l'autre se trouve à l'étal des libraires, la critique n'a qu'à payer sa place au parterre ou son exemplaire du livre, si elle suppose que cela en vaut la peine, et elle reprend tous ses droits. M. Gide ne l'ignore pas. Il lui arrive de tirer hors commerce. Mais la démangeaison d'être lu l'emporte bientôt, encore qu'elle entraîne le péril d'être discuté. D'où les demi-mesures, les dérobades aguichantes et les fuites vers les saules. On dira peut-être que M. Gide est une âme compliquée : sa bibliographie l'est bien davantage encore.

Voyez son dernier ouvrage : *Numquid et tu ?...* Une première édition en a été tirée en 1922 à 70 exemplaires non mis dans le commerce et sans nom d'auteur (masque et domino, comme au bal de l'Opéra). L'édition nouvelle, sortie ces jours-ci, est de 2.650 exemplaires, dont 150 sur papier de luxe. Les autres se vendent 35 francs, et la plaquette a 80 pages. C'est pour rien. Pas plus de service de presse que pour *Si le grain ne meurt* et pour *Corydon*. M. Gide pouvait souhaiter, dans l'intérêt de la morale, qu'on n'attirât pas l'attention sur ces deux ouvrages-là. Cependant, pourquoi les publiait-il s'il les jugeait nuisibles ? Et les *Faux monnayeurs*, qu'il a envoyés aux journaux suivant la coutume, sont tout aussi dangereux et immoraux. On ne comprend rien à ses procédés fuyants et versatiles. Quant à *Numquid et tu ?*..., avertissons tout de suite et charitablement les amateurs allumés par *Si le grain*, par *Corydon* et par les *Faux monnayeurs*, que la série est interrompue et que, cette fois, s'ils comptaient sur la même marchandise, ils seraient volés. *Numquid et tu ?*... est un petit tract édifiant, une espèce de prêche ou de manuel dévot, tel qu'en distribuent les officines méthodistes et les armées du salut. Point de petits Arabes ni de potaches suspects. Ouvrez votre Bible et songez à votre âme ! Quelques jours de retraite, de pénitence et d'oraisons jaculatoires. Christ est ressuscité !

M. Gide commence par déclarer que la science, l'exégèse, la philologie lui importent peu. Contrairement à Pascal, sa foi ne dépend ni des prophéties, ni des miracles. Pour lui, il ne s'agit pas de croire aux paroles du Christ parce que le Christ est Fils de Dieu, mais de comprendre qu'il est Fils de Dieu parce que sa parole est belle au-dessus de toute parole humaine, par conséquent divine... C'est le point de vue du *Vicaire savoyard* : « ... La sainteté des Evangiles parle à mon cœur... Si la vie et la mort de Socrate sont d'un homme, celles de Jésus sont d'un Dieu. » Mais « *un* Dieu » n'est pas synonyme de Dieu ; c'est presque le contraire. Aussi le christianisme du Vicaire savoyard reste-t-il prodigieusement latitudinaire. M. Gide pousse plus loin l'équivoque et veut passer pour un véritable chrétien. C'est son affaire, et nous ne le chicanerons pas là-dessus. Qu'il se débrouille avec le Consistoire ! On lui fera seulement observer que cette opinion en quelque sorte littéraire est purement subjective et contestée par d'autres, notamment l'écrivain qui dédaigne ces « Évangiles de quatre juifs obscurs », et qui a en ce moment, il est vrai, quelques difficultés avec le Saint-Office. On ajoutera que la même méthode pourrait faire conclure à la divinité littérale de Platon, auquel on ne donnait jusqu'ici ce nom de divin que par métaphore. La foi de M. Gide est évidemment sincère et sa piété ardente, mais tout cela manque de base solide. Ses anathèmes aux savants, ses bénédictions aux pauvres d'esprit sont sans doute d'inspiration fort évangélique, mais surprennent un peu chez cet ancien intellectuel, jadis subtil et toujours retors. L'horreur qu'il professe maintenant pour les « souillures affreuses » du péché est au moins imprévue. Enfin, souhaitons que ce soit sérieux et définitif, quoique certains passages semblent indiquer que M. Gide cherche plus à excuser et justifier ses erreurs qu'à y renoncer. Avec lui, on ne sait jamais.

TABLE DES MATIÈRES

ACHEVÉ D'IMPRIMER
LE 4 NOVEMBRE 1927
POUR
SIMON KRA
SUR LES PRESSES
DE
F. PAILLART A ABBEVILLE.

www.ingramcontent.com/pod-product-compliance
Ingram Content Group UK Ltd.
Pitfield, Milton Keynes, MK11 3LW, UK
UKHW031917260826
14628UKWH00003B/1248

9 782329 310558